元
2
ill. にもし
JN001998

力を合わせて特級ポーションの錬成！
ミレーユ
ポム
エミル

マリー
シャーロット

魔道具の新弟子エミルちゃん
「世の中を便利にしていきたいデス！」
エミルちゃんは魔道具の構造で
気になるところがあると、
逐一質問してくれる。
私が教えながら作った
魔道具に対してでも、
あとからどういう原理なのか
調べたりと探求心がすごいのだ。
それにエミルちゃんの作業は
丁寧で早い。きっと将来、
いい魔道具師になるだろう。

# 元貧乏エルフの錬金術調薬店

MOTO BINBO ELF NO
RENKINJUTSU CHOUYAKU TEN

2

滝川海老郎
Takigawa Ebiro

Illust. にもし

TAKIGAWA EBIRO PRESENTS
ILLUSTRATION BY NIMOSHI

口絵・本文イラスト：にもし
デザイン：ＡＦＴＥＲＧＬＯＷ

# CONTENTS


プロローグ ― 日常だよ …… 004
14章 ― 錬金炉で鏡と懐中時計だよ …… 009
15章 ― 西の森と咳止め薬だよ …… 020
閑話 ― マリーお姉ちゃんの冒険の話 …… 043
16章 ― 上級ポーションだよ …… 054
17章 ― 晩秋ピクニックだよ …… 064
閑話 ― シャロちゃんの再挑戦の話 …… 081
18章 ― 出張講師だよ …… 087
19章 ― 魔道具師見習いだよ …… 101
20章 ― 冬の魔道具と粉スープだよ …… 116
閑話 ― エミルちゃんと魔道具の話 …… 134
21章 ― 温泉旅行と硫黄だよ …… 141
22章 ― 孤児院と寄付だよ …… 156
23章 ― お兄ちゃんの訪問だよ …… 168
24章 ― 飛空艇だよ …… 181
25章 ― 赤紋病と秋薬だよ …… 190
26章 ― 新年休暇だよ …… 215
27章 ― 名誉女男爵だよ …… 226
エピローグ ― 錬金術調薬店の一年だよ …… 239
書き下ろし短編 ― 春の王国パレード祭り …… 245

MOTO BINBO ELF NO
RENKINJUTSU CHOUYAKU TEN

# プロローグ　日常だよ

私、ミレーユ・バリスタット、十四歳。

今年の春先に、田舎も田舎のハシユリ村から王都に出てきた新人錬金術師。

本当は小さいころから仕込まれていて、かなりのベテランなんだけどね。

王都の露店で低級ポーションを売っていたところ、商業ギルドの人に声を掛けられた。

なんだか他のお店の低級ポーションの品質が低いみたいで、高品質なポーションを露店販売していたら、商業ギルドの目に留まったのだ。

しかし、勧誘は二つのギルドからで、その二つはライバル関係だった。

声を掛けてきた一人は、新興のホーランド商業ギルドのメイラ・ホーランド副会長。

もう一人は伝統あるメホリック商業ギルドのナンバースリー、ボロラン・ロッドギンさん。

メイラさんはお姉さんで、ボロランさんはおじいちゃんだった。

いろいろあってホーランドに在籍することに決めたんだ。

そうしてお店をレンタルして、ミレーユ錬金術調薬店を開業した。

従業員は二人。ホーランドからメイドのマリーちゃん。黒髪の女の子だ。

メホリックからは錬金術の弟子としてピンク髪のシャーロット、通称シャロちゃんをお迎えしたよ。

そうして、今日も一日が始まる。

「おはようございます、ミレーユ先生」

シャロちゃんと朝ご飯を食べる。

彼女(かのじょ)は料理も得意で、いつも朝食づくりを担当してくれている。

「もぐもぐ、美味(おい)しい」

「ありがとうございます」

「えへへ、いつも助かるよ」

そうこうしているうちにマリーちゃんが出勤してくる。

二人ともそれぞれの商業ギルドのメイド服を着ているよ。

午前中は開店準備だ。主にその日に販売する商品を錬成(れんせい)する。

ポーションの種類は低級ポーション、中級ポーションだね。

低級ポーションはミルルの実を入れた改良型だ。

「ねーるねるね、ねるねるね」

これがうちのお店の魔力(まりょく)をこねるときの掛け声だ。

中級ポーションは作り方は変わらないんだけど、うちのポーションは魔力含有量(がんゆうりょう)が多いみたいで、もともとあった王都の中級ポーションよりかなり効果が高い。

当初、この中級ポーションでひと悶着あったのだけど、講習会を開いてどのお店でも同じレベルのものを作れるように練習をしてもらって、事なきを得たんだ。

それから練り薬草。あと薬草クリーム。

練り薬草は薬草をスライムの粉末で固めたもので、飴みたいな感じかな。

これは常備薬として置いておいて風邪気味のときに飲むといいんだ。

あとちょっと頭痛がするときとか。

薬草クリームは肌荒れ、肌のお手入れ品として新規開発したものだ。

これにはマリーちゃんの弟妹、それからシャロちゃんの家が関係していて、みんなで考えて作り出した商品なんだよ。

それからポムポーション。ポムは村から私についてきたグリーンスライムなんだけど、最近は中級ポーションの材料であるルーフラ草を食べるようになって、それでポーションを作ってくれるようになったんだ。

それがポムポーションと密かに呼んでいるものだ。対外的には中上級ポーションと呼ばれる効果の高いこのポーションを、ポムが毎日八本くらい作ってくれる。

あとはマリーちゃんにお願いして、シャンプーや石けん、クッキーなどの雑貨類で減ってきたものを生産してもらう。

お茶類やコーヒーなんかも種類は豊富だ。たまに庭に生えてきたものを使った雑草茶も作ったりする。

お昼を食べて、さあ、お店開店。

「いらっしゃいませ。ミレーユ錬金術調薬店、本日も開店です」

ポム隊員の愛好家の女性が数人、毎日のように見にくるんだ。

それからジンジャーエールが好きなおじさまたちが、入れ替わり数日おきくらいに来店してくれる。

あとは喫茶店のように紅茶、コーヒーなどを飲みに来るお客さんもいる。

白い仔猫のマリーちゃんを連れたプロッテさんなどもやってくる。このおばさん、実はメホリックの情報収集をしている人だ。

ジンジャーエールや牛乳は冷蔵ケースで冷やしている。夏には好評だったけれど、もう秋だ。

夕方にはお店は閉店。

とまあ、こんな感じ、これが私たちの日常。

少し前には三等市民勲章というものもいただいた。

王都で大きな火事があって、救助のお手伝いをしたんだ。

建物が密集している王都では、火事は特に危険だ。

怪我人も出たけど、ポーションでなんとか回復して事なきを得た。

その時に王立騎士団の魔術師部隊と一緒に鎮火にもあたった。

その功績で、市長から直接勲章をいただいた。

ちょっとだけ誇らしい。でもだからといって日常はそのままで、特に変わったこともない。

私たちはポーションなどの必要とされている物を作るだけだ。

本当は、もっと収納のリュックみたいな便利な魔道具も作りたいんだけどね。

とにかく今はお店もあって、商品も充実しているけど、最初は今から考えられないくらい貧乏だったんだよ。

「貧乏暇なし、あくせく働くぞ」

これが私の標語だよ。いっぱい働いて美味しいもの食べよう。

王都には田舎にない食べ物がたくさんあるもんね。

# 14章　錬金炉で鏡と懐中時計だよ

三等市民勲章の副賞として貰ったお金で、発注していた錬金炉が出来上がった。

いやぁ、やっとだよ。前から欲しい欲しいとメイラさんには言っていたんだけど、ようやくです。

「みてみて、錬金炉だよ」

「おおぉお、最新式ですか？」

「うんっ」

シャロちゃんも関心があるみたいで、興味深く見ていた。

購入したのは携帯用錬金炉だ。炉の中では一番小さい。だから作れるもののサイズも大きくはないんだけど、なんとか実用の範囲内だ。

炉がもっと大きければ、大剣とか槍斧ハルバードとかも作れる。

でもうちは武器屋さんではないのでこれでいいんだ。

錬金炉は錬金釜とは違う。錬金釜は主に液体の水っぽいものを扱うことが多い。それに対して錬金炉は溶けた金属を扱う。そのため高温に耐えるようにできている。

形は錬金釜にそっくりのお椀形で、自分の携帯用錬金釜よりは少し大きい。

「そしてお金にモノを言わせて銀を買い集めました」

「こ、これはお高いやつですね！」

銀貨でおなじみの銀だけど、実は銀貨は含有量(がんゆうりょう)が少なくて、それで安価になっているという事情がある。

ここにある銀は高純度の値段が高いやつだ。

「ふふふ、ではさっそく」

炉に銀を投入してから、魔石(ませき)も入れて温度を上げるためのエネルギーにする。

魔力を少し使って制御(せいぎょ)しながら温度を上げていく。

錬金炉を使うには錬金釜と同様に魔力制御の技術が必要だ。自分はもちろん錬金術師だからできる。

そうして型に入れてできたのが、綺麗(きれい)な平面をしている銀の円盤(えんばん)。

裏側は花びら模様になっている。

表側はただの銀。真っ平らだ。これだけ平らにするにはかなりの技術が必要なのだ。えっへん。

でもほんの少しまだ曇(くも)っている。

これを革(かわ)でできた磨(みが)き上げ器に、錬金術で作った専用のクレンザー、つまり研磨剤(けんまざい)を使って磨き上げる。

クレンザーは乳白色のクリームみたいな感じのものだ。

そうして鏡を磨くと、鏡面が綺麗になった。

「すごいです、すごい」

「えへへ」

私もシャロちゃんに褒められると、ちょっとうれしい。

こうして最高級品質の銀の鏡ができた。

普通の鍛冶ではここまでの平面は作れなくて、鏡の製作では錬金術が優勢を誇っている。

そして、これは簡単に見えるけど実はかなり高度な魔力制御の技術が必要なので、値段が高い。

鏡が完成したので、午前中が終わるちょっと前にメイラさんに見せに行く。

「どうもこんにちは」

「こんにちは。今日は何を見せてくれるんだい？」

「えっとですね。銀の鏡です」

錬金炉は一度温度を上げると、温度が下がる前にたくさん物を作ってしまったほうが燃費がいいので、十個ぐらい作ってきた。

「銀の鏡……」

「はいどうぞ」

「ええ、すごくよく見えるわね」

「でしょう、自信作なんです」

「ポーションが専門なのかと思ってたけど、そういえば収納のリュックとかも作っていたっけ」

「そうですよ」

メイラさんは鏡を見て、自分の顔をじっくり観察している。

次にはひっくり返して裏の模様とかも見ていた。

「なるほど。裏もかわいいじゃない」

「ですよね」

この裏の花びらの型は、実家で作って持ってきたものだ。

金属用の鋳型(いがた)は作るのにも結構値が張る。

ちょっとやそっとで溶けないように鉄とミスリルの合金製だ。

ミスリルっていうのは特殊(とくしゅ)な金属のことで、また今度詳(くわ)しく説明するね。

「ただ、ちょっと小さいわね」

「そうなんですよね。でも小さいほうが持ち運びには便利で」

「そういえばそうね。家で使うだけでなくて、持って歩くという発想がなかったわ」

「まあ、そうかもしれません」

「鏡は高いからね」

そうなのだ。鏡は高額なのが常識だから、お化粧(けしょう)とかするときに使うだけで、家に置いてあることが多い。

でも、これなら持ち運びも便利だから、そうして欲しい。

いつでも見れる携帯用ミラーだ。

「小さいほうが値段も抑(おさ)えられて、それでこれだけ綺麗に見える鏡はなかなかないですよね？」

「そうね。王都中探しても、ないね」

「ですよね、どうです？」

「いいじゃない」

メイラさんのお墨付きを貰った。

まずは半数をメイラさんに納めて売ってもらう。

もう半分はうちの店でせこせこ売ることになった。


「すごい、この鏡、真っ平ら」

「おお、こんな綺麗な鏡は初めて見るな」

「お値段も小さいからか、そこまで高くないわ」

お店で実際に売ってみたところ、お客さんにも上々の評判だった。

金貨五枚と高いけれどやっぱり女性には人気で、売れていく。

初日に置いたのは五個だったんだけど、すぐに売れてしまった。

次の日は倍の数にしてみたけど、やっぱり売れてしまった。そうしてしばらく売ってみて、かなりの数の鏡が売れた。

儲かった。儲かった。

こうしてお店の定番商品に銀の手鏡、ポケットミラーが増えたのだった。

シャロちゃんとマリーちゃん、それからメイラさんも欲しがったのでプレゼントした。

みんなよろこんでくれて、錬金術師冥利に尽きるというものですよ。

村から持ってきた手鏡が三枚あったので先にあげればよかったね。

女の子ならお洒落にはいつも気を使いたいもんね。

特に王都の女性たちは美容に関心が高いみたい。

貴族とかいいところの娘さんとかも、評判を聞いて来てくれるようになったんだ。

◇

教会の鐘が定刻通りに鳴ることから分かるように、世の中には、時計というものが存在している。

時計そのものには、完全な機械式と魔石駆動による魔道具のものがある。

あと短い時間を測るなら砂時計とかもあるね。

あれもガラス細工でかなりの技術がいるんだよね。

「ミレーユさん、何してるんですか」

「えっとね、これから暇な時間を使って、時計を作ろうと思います」

「時計?」

「時計ですか、先生。また変わったものを」

「そう、時計」

「すごいです、ミレーユさん」

お店の錬成作業は、かなりのものをシャロちゃんに任せることができるようになってきた。

だから私には少し空き時間があった。

それから日曜日はお休みなので、まるまる空いている日もあるのだ。

そういう時間を使って、魔道具である魔道式懐中時計を作ろうと思う。

まず材料の一つである魔石。これは属性のない無属性のものだ。

スライムをはじめ、ほとんどの魔物からとれる魔石は無属性だ。

火属性の亜竜であるファイアドレイクなど、少数の魔物が火、水、風、土といった属性のある魔石を産出する。

あとは魔法陣により属性を与えるか、変換したい属性の魔力を浸透させることによって、特定の属性を持った魔石に変換することができる。

こういう魔石の属性変換の作業を専門にしている業者もいる。

一度、属性に染まった魔石を他の属性に変換するのはかなり難しいので、普通は無属性の魔石からしか変換はしない。

この魔石の属性の変換は、私も頑張れば一応できる。

懐中時計には、無属性の魔石をそのまま使う。

魔石とその周囲の魔法陣に、運動エネルギーを一定値で取り出すように指示を書き込む。

こうして心臓部分は完成だ。

ここで重要なのは「一定値」というところ。

寸分たがわず、同じ量でないといけないので、魔法陣を描（か）くのには気を使った。

魔石からのエネルギーを魔法陣で第一の歯車に伝える。

ここから歯車を何個か組み合わせて、秒針、長針、短針の回転数を作る。

それから、一定以上の力を加えると強制的に回る部分を付けることで、時刻調整をできるようにした。

夜間にうっすらと光るように光属性の魔石を溶かし込んだ溶液（ようえき）に文字盤（もじばん）を浸（ひた）して、夜でも文字が浮（う）かび上がるようにする。

それから金属製の外装や針をシンプルに作製して、最後にガラス板をはめ込めば、ほら、完成。

ガラスは簡単には割れないように、錬金術で強化ガラスにしてある。

こうしたたくさんの作業を、休憩（きゅうけい）時間やお休みの日を使って少しずつ進めていった。


「魔道式、懐中時計の完成です」

「おおぉおぉ、ミレーユさんは相変わらず器用です」

「先生ならこれくらい簡単にできちゃうんですね」

「できました」

パチパチパチ。

組み立て終わり、拍手（はくしゅ）を貰った。

ここに来るまでは、ちょっと長かった。

歯車やネジと呼ばれる部品を作ったり、細かなヤスリがけも丁寧に行わなければならない。

部品点数は完全機械式に比べれば半分程度ぐらいにはシンプルなのだけれど、それでも少なくはない。

機械式の時計は毎日板バネを巻かなければいけないし、時間が狂いやすい。

それに対して、魔道式は魔法陣さえ狂っていなければ、すごく正確に時を刻む。

また魔法陣が携帯している人間から魔力を吸い出して充填するため、半永久的に動く。

ずっと放置するとその限りではないけれど、内部の魔石の交換も不要だ。

ただ魔道式は作れる人が極端に少ないこともあって、非常に高価だ。

私も自分用に一つ持ち歩いている以外は持っていない。

今回は頑張って一度に十個、生産しました。

日ごろお世話になっているマリーちゃん、シャロちゃん、メイラさん、ボロランさんにあげるとしたら、売れるのは六個だけだね。

お値段、びっくり。金貨十枚。金貨十枚もあれば、ひと月はお腹いっぱい食べられる。

日曜日を何日も使ったし、他の休憩時間もかなり作業したので、これくらいはいただかないと割に合わない。

村ではもっと安くて、便利なのでほとんどの人が一個くらいは持っていた。

丈夫なので、代々受け継がれている家もあった。

王都の他のお店では金貨十五枚ぐらいらしいので、これでも安いんだそうだ。

「ミレーユさん、時計、ありがとうございます。感動です」

「ミレーユ先生、こんなすごいもの、貰っていいんですか？」

「うんっ」

マリーちゃんとシャロちゃんにあげたら、よろこんでくれた。

メホリック商業ギルドのボロランさんには、たまに来るご用聞きの人に渡しておいた。

気に入ってくれるだろうか。

メイラさんにも会いに行く。

ちょっとルンルン気分で道中を進んだ。

この懐中時計は私の中ではかなりの力作だ。

自信があるといえばある。にひひ。

「おお、ミレーユさん、今日は何の用で？」

「メイラさん、数は少ないですけど、魔道式懐中時計です」

「おお、これはすごい。王都でも、高級な専門店が一つあるくらいで、あとはほとんどオーダーメイドとかそういうレベルだな。ホーランドには作れる人はいないね」

「そうなんですか」

「ああ」

「メイラさんにも一つあげますね」

「すまない。つつしんで、ちょうだいします。ありがとうございます」

「いえいえ、それで十個生産したんですけど、残りが六個なんですよね」

「分かった。こちらで三つ売ってみよう。そちらでも三つでいいかな？」

「はい」

ということで、お店に帰ってきた私は、隅に設置したショーケースに三つの時計を展示した。

このショーケースは、文字盤のカバーでも使った強化ガラスでできているから、そう簡単には壊せない。

こそ泥はいかんぜよ。

とにかくまあ、まだ売れていないけれど、売り切れるのは時間の問題だろう。

だって紳士が五人、すでにケースの前にいて、必死にジャンケンをしている。

五人のうち勝った三人が買えるということに、いつの間にかなっていた。

頑張って勝って、買ってくださいね。

ちなみに追加生産は時間が掛かることもあり、予定されていないので、限定販売です。

ごめんね。

また時間があったら作るね。

# 15章　西の森と咳止め薬だよ

今日はちょっと作りたいものができたので、みんなで西の森へ行こうと思います。

西の森は魔物が出るから危ないと思うかもしれない。

でも実は私たちが着ているメイド服は、シルクスパイダーという魔物が生み出す白い糸でできていて、防御力が布装備の中ではかなり高い。

だからメイド服そのものの値段もちょっと高いんだけどね。そこは商会の力だね。

とはいえ万が一があってはいけないので、ベテラン冒険者である隻腕のジョンさんにもご同行をお願いした。

平原へ狩りに行く子供たちの引率は、何人かの大人で持ち回りにしているから問題ない。

「それじゃあ、ジョンさん、よろしくね」

「ジョンさん、お願いします」

「ジョンさん、よろしくお願いします。あなたにも神のご加護があらんことを」

「ご丁寧にどうも」

シャロちゃんが教会風にお祈りをするとジョンさんも頭を下げる。

ちょっと照れてるジョンさんもなんだかかわいいところがある。

今回は危険な西の森へ行くんだから、シャロちゃんもちょっとだけ気合いの入れ方が違った。

「それでは出発っ」

「「おー」」

マリーちゃん、シャロちゃん、ジョンさんとともに西門を出て森へと向かう。

西の森には件のシルクスパイダーも生息している。

他にいるのはフォレストウルフ、ゴブリン、オーク、ジャイアントスラッグなど。

ジャイアントスラッグならハシユリ村の近くにもいる。

すごく大きい貝の一種で、食べると美味しい。

美味だよ、美味。

見た目はちょっとアレだけどね。

それで今回のターゲットなんだけども。

「アカシメジだよ」

「「アカシメジ」」

「それは毒キノコだな！」

さすがジョンさん、ちゃんと知っているらしい。

アカシメジはキノコの一種で、真っ赤な笠が特徴的なんだ。

生で食べると毒性がある。

一度干してカラカラにすると毒性が消えるので、それを水で戻して鍋に入れると最高に美味しい。

だけどどうも、王都では毒キノコとして認識されているみたいで流通していないいんだ。

冒険者ギルドで確認してきたけど、王都付近に生息自体はしているそうだ。

この国で真っ赤なキノコといえばアカシメジだしね。

ハシユリ村では毒抜きして食べたけど、こっちではその食べ方は知られていないみたい。

「山へさ、行くべさ～、ほいっささ♪」

「森へさ、行くべさ～、ほいっささ♪」

女の子みんなで童謡を歌って森へと入っていく。

この歌はみんな知っていたみたいで、仲良く歌って盛り上がった。

ジョンさんだけ苦笑いだ。

こういう歌ほどみんな知っててうれしい。

森は王都の保護林なので、城門を出てすぐ先から広がっている。

昔の人は先見の明があったのだ。森を保護しないと丸裸になって資源がなくなってしまうって。

実際に王都の南側に広がっている王都平原も、昔は木がずらっと一面生えていて、森だったそうなんだよね。

それを建材や薪のために住民が切り倒していった結果、今ではぽつぽつと生えているだけになってしまった。

「ほんと昔の王都の人たちは偉い偉い」

「ここは保護林ですもんね」

「そうだよ。それで取れる資源がいっぱいあって、今でも王都の生活が支えられてるんだよ」

フォレストウルフ、オーク、ジャイアントスラッグなんかはお肉が獲れる。

あぁ、シルクスパイダーもカニみたいな味がして美味しいらしいね。

カニの身みたいに、見た目も白と赤のあの色なんだって。

「ほい、アカシメジ」

「本当だ！」

「やりましたね、先生」

しばらく森の中を歩いていると、木の根元に生えたアカシメジを見つけた。

うれしそうなマリーちゃんとシャロちゃんを横目に、私はマジックバッグに株ごと採ったアカシメジを入れる。

そうして次のアカシメジを探してまた歩いていく。

ジョンさんがモンスターの気配を察知して声を上げる。

「ゴブリンだ！」

「ほい、アイスミサイル！」

「ぷぎゃあああ」

迂闊にも私の前に飛び出てきたゴブリンに向かって、攻撃魔法を放つ。

魔力によって生成された氷の塊がゴブリンに向かって飛んでいくと、ゴブリンはそれを避けられず、胴体に直撃して吹き飛んでいき、そのまま地面に倒れた。

ちなみにゴブリンは緑色の肌で子供ぐらいの人型の魔物だ。髪の毛がなくしわしわの顔をしている。簡単な革の服みたいなものと腰ミノをつけている程度で、知能もあまり高くない。だいたいやせ細っていてあまり強くはない。

ただそれでも一撃で倒せるのは、やはりベテランの冒険者以上だろう。

「さすがミレーユさん」

「えへへ」

「そういえば先生、強いんでしたね」

「そうだよ。辺境の森なんて強い魔物がいっぱいいたからねぇ」

昔を思い出して、ちょっと遠くを眺めるようにして視線を逸らす。

別にバトルジャンキーではない。錬金術師は魔力量とコントロールがちょろっと人並み外れているため、攻撃魔法もお手のものなのだ。

ただし私も回復魔法は苦手だ。その代わり錬金術でポーションを作って補っている。

ゴブリンの素材はあまり価値がないので、そのまま放置して次へ進む。

皮は薄いし、肉も食べるものではない。

体を全部粉にして肥料くらいにはなるかもしれないけど、間に合ってるみたいだし。

なんとなくゴブリンの不衛生なイメージが商品価値を損失しているんだよね。

ずんずんと歩いていると、また何かが木々の間から近づいてきた。

「今度はウルフが三匹もっ」

私たちの目の前に飛び出してきた狼たちを見て、マリーちゃんが叫ぶ。

「大きいですよ！　怖いっ」

シャロちゃんも私の体の後ろに隠れるようにして驚いている。

青灰色の巨大なフォレストウルフが凶悪な表情で牙をむいた。その開いた口は見ているだけでもとても怖い。

私たちを食べようとしているんだ。しかし大丈夫。

「アイスミサイル、三連発」

それぞれのウルフに魔法が飛んでいき炸裂する。

「キャンッ」

「ギャンッ」

「グワウッ」

氷の飛行物は、すべてのウルフに綺麗に命中して絶命させた。

もちろんこれも私だからできる芸当だった。

魔法の初心者には、同時に複数の魔法を発動することすら難しい。

剣はそれほど自信がないけれど、魔法は大の得意だ。

わはは、やっぱり私強いんだなあ。

オオカミは解体して毛皮、爪、牙、そしてお肉を持ち帰る。みんなマジックバッグに入れてしまう。

「森といえば『森のエルフ』だよね」

森の中を歩いていると、ふと思い出した。

「なんですか？　ミレーユ先生」

「え、もしかしてみんな知らない？」

「俺は知らないな」

「はいっ」

「はい、師匠。知らないです」

三人とも「森のエルフ」の話は知らない様子。エルフは見かけなくなって久しいらしいから、そのお話が忘れられていてもおかしくはないか。

「そ、そっか、実はかくかくしかじか」

もともと森と共生する種族、それがエルフだったと言われている。

人間が薬草を利用するのも、それを応用して錬金術でポーションを作るのも、エルフの営みの延長であるという。

だから昔から錬金術師とエルフは深い関係にあったそうだ。

またエルフは森林保護官のような役割を担っていた、と「森のエルフ」というお話では伝えられている。

私はエルフの末裔だし、定期的に王都の周りの森の様子を見に来るのも悪くないかもしれない。

「そっか、森とエルフにそんな関係が」

「そうだよ。マリーちゃん。ところで『エルフの森を焼く』って話は？」

「知らないです」

マリーちゃんがそう言うと、シャロちゃんとジョンさんも首を横に振っていた。

「だよね、あのねあのね」

実はエルフと森の話には続きがあるのだ。

ヒューマンとエルフは昔々の一時期、対立関係にあったらしいんだよ。

ヒューマンというのはシャロちゃんやマリーちゃんのような人間族のことだ。人間と呼ぶ場合は、獣人族といったその他の人型の種族もみんなひっくるめて指すことが多い。

それで森に住んでいるエルフごと森を焼こうっていう、エルフからすれば恐ろしい運動が起こったことがあるみたいなんだ。

それが『エルフの森を焼こう』っていう昔話で、大勢のエルフが焼かれて死んでしまったんだ。

そういう歴史があったから、森で火属性魔法は使わないように、という配慮が周知されるようになったという。

私は水属性魔法が使えるから少し燃え移っても消火できるかもしれないけど、できる限り火属性は使わないようにしている。

この出来事のせいもあって今ではほとんどいないんだ。エルフ系の住民は、私たちとあと少ししか……。

「そんな話が」

「うん、マリーちゃん。ちなみに私のうちはエルフの末裔らしいよ」

「まさかぁ～」

「いひひ。そうそう、もうひとつ森の話しよっか」

「なんですか、なんですか？」

「あのね、ホラーチックな話なんだけど」

「うんうん」

「『ドッペルゲンガーの森』の伝説」

「ドッペルゲンガーですか？　あの自分と瓜二つの存在がいるっていう」

「そうそう」

ドッペルゲンガーの森というのは、どこかにあるという森のお話。

そこに行くと自分とそっくりの存在が現れて攻撃してくるというのだ。

見た目だけでなくあらゆる能力も自分と同じだという。

だから倒すのが大変で、勇者の試練の一つと言われているんだ。

「自分と戦うんですか？」

「私たちはあんまり強くないからへーきですね」

シャロちゃんはペロッと舌を出しながら言う。

「まあ、そうかも」

でも私と同じくらい強かったら、かなりヤバいと思うんだ。

倒せるかな、私。自分自身を。ちょっと想像すると冷や汗（あせ）が出てくる。

「ちゃらん、ちゃんちゃん♪」

さらに森の中を歩き進めながら、童謡以外の歌も歌う。

森の中では間違ってハンターに射撃されたりしないように、音を出すのを推奨（すいしょう）されている場合がある。

ちなみに冒険者とハンターはちょっとだけ違う。

冒険者はモンスター退治以外にも、キノコ採りや薬草採取など幅広（はばひろ）い活動をする。

一方、ハンターはもっぱら害獣（がいじゅう）となるモンスター狩（が）りが専門だ。

実際のところ、境界はあいまいだけどね。

それと弱いモンスターも、基本的には音を出すと寄ってこない。

だけれどバカなゴブリンは自分たちの力量も測れないのか、音を聞いて出てくることがある。

とても強いモンスターも音を聞いて襲（おそ）ってきたりするから、塩梅（あんばい）が難しい。

「はい、アカシメジちゃんです」

「マリーちゃんサンキュ」

「はいです」

またアカシメジを採ってマジックバッグに入れる。

これで合計五株目。とりあえずはこれくらいで十分かな。

えへへ、私たちは収穫に満足して、ホクホク顔で家に帰りました。

西の森から帰ると、裏庭の隅にアカシメジを広げて干しておいた。

晴れの日は外に出して、雨と夜間はしまってと何日も繰り返した。

そうしてパリパリに乾燥したアカシメジを、今度は粉にする。

「へぇ、赤くてなんだか香辛料みたいです」

「そうだねぇ」

マリーちゃんが覗いてくるのに返事をしながら作業をした。

大きめの瓶に乾燥剤とともに入れておく。

できれば、もう二瓶くらい欲しいなぁ。


秋の乾燥風が吹く毎日が過ぎていく。

これから先、直に冬になる。王都では雪はそれほど積もらないのだと聞いた。

「晩ご飯、楽しみです」

「だよね、マリーちゃん」

「えへへ、ごちそうになります」

今日はマリーちゃんも含めて三人で鍋パーティーです。

「これがアカシメジ鍋」

「おおおおお」

「これが……」

マリーちゃんは感嘆の声を上げて、シャロちゃんが興味深そうに鍋を見つめる。

アカシメジの粉を、野菜のスープにたっぷり入れた鍋だ。

スープは赤い色をしていて、食欲をそそる。

赤いスープと言えば辛いものが多いけど、これはコクがあってとっても美味しいのだ。

「いただきます」

「「いただきます」」

それぞれ取り皿によそうと、スプーンで掬って食べる。

「美味しいです。ミレーユさん」

「先生、こんな鍋は、初めて食べました」

「ふふん。どうじゃ、これがハシユリ村の伝統料理なのじゃ」

よくアカシメジを採ってきてくれたおじいちゃんの真似をしてみる。

おじいちゃんは小さいころよく遊んでくれたけれど、両親より先に死んでしまった。

子供好きで、いつもニコニコしていたのを覚えている。

なんでかこの秋になると、白髪に白いひげのおじいちゃんを思い出すのだ。

手には特大のアカシメジを持っているイメージで。

「本当、コクがあって美味しい」

みんなで鍋をもぐもぐ食べる。

寒くなってきた秋に食べると、とても美味しい。

暖炉があるといっても、やっぱり限界はある。

部屋は十分暖かいけれど、温かい料理はじんわりと体に染みる。


「それじゃあ、明日から一週間、お店は秋休みです」

「はーい」

鍋を食べ終わり、片付けも終わってからみんなに秋休みのことを伝える。

王都では秋に長めのお休みをとって、実家に帰省するのが一般的なのだと聞いた。それに倣ってうちもお休みにすることにした。

「私はシャロちゃんと一緒に、マーシャル錬金術店にいるから」

「はい。何かありましたらそちらへ行きますね。それではまた。ばいばい」

先にマリーちゃんとお別れする。

ハシユリ村まで遠いから私は帰るわけにもいかないし、弟子のシャロちゃんの家でお世話になるんだ。

村まで行くと往復の移動時間で休みが終わっちゃうし、お金も結構掛かる。

それに王都にいるみんなが心配だ。

村に帰ってもお兄ちゃんくらいしかいなくて寂しいのもあるね、えへへ。

「んじゃ、シャロちゃん、おうちへ帰ろっか」

「はーい」

シャロちゃんと一緒にマーシャル錬金術店へと向かった。

王都でも老舗(しにせ)の錬金術店だ。建物はかなり大きい。

それでシャロちゃんのご実家は、錬金術店の中庭部分をつぶして建てていた。

「ただいま」

「おかえり、シャロ。こんばんは、ミレーユ先生」

「こんばんは～、お邪魔(じゃま)します」

シャロちゃんの家の玄関(げんかん)でお父さんと挨拶(あいさつ)を交(か)わす。

ここの錬金術店の人とは、以前講習会などで一緒になったので面識がある。

それで私はシャロちゃんの師匠ということで一目置かれていて、先生呼びされていた。

店主はシャロちゃんのお父さんだ。それで跡(あと)を継(つ)ぐ予定のシャロちゃんのお兄さんは、錬金術には強いんだけど、経営のほうが壊滅(かいめつ)的でちょっとした跡継ぎ問題になっている。

それでも老舗だけあって売り上げも大きいので、そのまま頑張(がんば)って欲しい。

「ミレーユ先生、妹がお世話になっています」

お兄さんも私のほうが年下なのに、この通り敬意を払(はら)ってくれる。

なんだかとってもこそばゆい。

お互(たが)いぺこぺこ頭を下げて挨拶をした。

もう夕ご飯も食べたので、あとはお風呂(ふろ)に入って寝(ね)るだけだ。

「ふふふ、シャロちゃんとお風呂～」

「はい。先生、お風呂入りましょう」

さすがシャロちゃんち。お風呂も大きくて、とっても快適だった。

でもここのお風呂も巨大錬金釜を兼ねているみたいで、器具が周りに置いてある。

秋のお風呂は暖かくて気持ちいい。なんだか自分が鍋の具材になったような気分だ。

美味しいお野菜の気分で、鍋ツユでぐつぐつと煮られていく。

柔らかくなって疲労成分とかがツユに溶け出して元気になったりしないだろうか。

「アカシメジを入れたら私たちも美味しくなるかな？」

「ほぇ？　ミレーユ先生、そんなこと考えてたんですか。なんだかかわいいっ」

「まあ、ね」

「そーれ。ミレーユ先生、食べちゃうぞぉ」

「きゃああ、シャロちゃんに食べられちゃうぅぅぅ」

とまあ、お風呂で遊びました。

シャロちゃんの家の客間、ふっかふかの快適ベッドで眠る。

今日はシャロちゃんは自分の部屋で一人で寝るらしい。

「ポムぅ」

「きゅっきゅっ」

最近はずっとシャロちゃんと一緒の部屋で寝ていたので、いないとなんだか寂しかった。

でも大丈夫。私にはまだポム隊員がいるからね。

ポムをお腹の上に乗せて、ぽんぽんと軽く叩いてみる。

ぷよぷよしていて触り心地がよくて、なんだかほっとする。

ポムのこういう癒やし要素にはかなり助けられている。

「いつもありがとう、ポム」

「きゅっきゅっ」

なんでもないよとでも言うようにドヤ顔で応えてくれる。

なかなかかわいい。

こうして窓の外に見える紅葉を眺めながら、初めてのお泊まりの夜は更けていきました。

そりゃもうぐっすりですよ。えっへん。


シャロちゃんの家で秋休みを過ごす。

あれからアカシメジ鍋パーティーをこちらでも一度開催した。

大好評をいただいて、マーシャル錬金術店の皆さんが口々に広めたところ、今ちょっと王都内では注目されている。

これを王都料理として広められないだろうかという話らしい。

特に商業ギルドが目を光らせていた。

キノコは西の森にたくさん生えているという話だし、別に悪いことではない。

やっぱり食に対する気持ちというのは、どこでも一緒なのだ。
美味しい料理は食べたい。新しい料理にも興味がある。
平和だとご飯文化が発展するのだ。

この連休中、王都全体の中級ポーションの品質を上げるべく、マーシャル錬金術店のお弟子さんたちを私は毎日しごいている。

「ね～るねるね、ねるねるね、はい」

「「ね～るねるね、ねるねるね」」

魔力を練るのは重労働だ。まずはたくさんの魔力を練れるようになるために、ひたすら修練するしかない。

今回は短期集中コースなのでスパルタなのだ。

「うぇ、先生、もう無理ですぅ」

「もう少しだけ、頑張るぞお」

「げふげふ」

でも、みんなすぐへばってしまって。
魔力を節約する癖（くせ）がついていて、それで魔力量の少ないポーションばかり作っていたんだよ。
それがイコール品質が低いものになっていたから、矯正（きょうせい）しないといけないんだ。

「ね～るねるね、ねるねるね、はい」

「「「ね～るねるねる、ねるねるね」」」

ねるねる街道は険しいのだ。千里の道も一歩から。

彼の古代帝国の道もそうやって一本ずつ作られて、それで「ユグドラシルの都市には全世界から道がつながっている」というふうに言われるようになったんだから。

もちろんそれが今の私たちがいる王都なわけで、歴史は古いんだよ。

さて、一通りお弟子さんたちを見て回り、後は続けるように言うと、もうやることもないので師匠はちょっとお昼寝を。

「ポーム。お昼寝しよ」

「きゅっきゅ」

ポムを抱いて暖かい暖炉の前でお昼寝を決め込む。むふふ。

ポムの体温はちょうどいい感じに温かく眠気を誘う。

ねるねる街道を行く弟子たちを尻目に惰眠をむさぼるぞ。

ぴーすか。ぷーすか。

「うふふ、ミレーユ先生、ご飯ですよ」

「あはい、シャロちゃん。ありがとう」

気が付いたらご飯の時間になっていた。呼びに来てくれたシャロちゃんと一緒にダイニングに向かう。

シャロちゃん、お兄さん、お父さん、お母さんと揃っていた。

お弟子さんたちとは分かれて食事をとっているらしい。

シャロちゃんちのご飯は今日も豪華だ。

いや、今まで自分たちが貧乏店だったのがいけないのだけど。

なんだか最初の貧乏が染みついてしまっていた。

もう少し普段のご飯にも気を使おう。

「イカリナのフライ、美味しいですね」

せっかく用意していただいているので私も感想を言う。

イカリナは結構いいお値段がするんだけど、シャロちゃんちでは定期的に出ているのかもしれない。


私が来てるから豪華なのかな、違うよね。

「今日は特別に秋休みでミレーユ先生がきてるので、ステーキです」

そんなことを考えていたら、シャロちゃんがステーキを配膳してくれた。

「「「わーい」」」

私、お兄さん、お父さんと大人げもなくお肉に歓喜する。

みんなでステーキを食べる。これは牛肉ではなくオーク肉のステーキだね。

大きな二足歩行の豚さんなのでお肉も大きい。なかなか美味しい。

どうやら特別なのはこっちだったようだ。

「よいしょ。ごくごく」

寝る前には今日だけ、低級ポーションを飲む。

栄養ドリンク代わりだ。張り切ってお弟子さんの面倒(めんどう)を見たりしたので、疲(つか)れてしまった。

それじゃ、おやすみなさい。

◇

秋休みのシャロちゃんちから戻ってきて早々。

王都では最近、秋の乾燥からか少し風邪(かぜ)が流行(はや)っている。

そうはいっても症状(しょうじょう)は軽いもので、今のところ大丈夫そうだ。

それで主な症状が咳(せき)のようなので、咳止め薬を作ろうと思う。

「げほげほ」

「げほげほっ……」

うちの店でも様子が気になる客を見かけることが多い。

実はこの前から集めているアカシメジなのだけど、咳止めの特効薬になるのだ。

アカシメジの咳止め薬はハシユリ村では普通(ふつう)に使われていたけど、王都では作られていない。

王都の周りのアカシメジを使うのは初めてなので、念のため自分で採取してきて、口にして安全なのかを確認していたところだった。

もしかしたら村と王都のキノコは、厳密には違う種類の可能性もあった。

アカシメジは、そのまま生で食べると酷い咳や嘔吐などを伴う中毒症状を起こす。

調べてみたところ村のアカシメジと同じように、乾燥させることで安全に処理できることが分かったので、冒険者ギルドに採取依頼を出していた。

これをホーランド経由で買い取って、傘下の乾物屋さんや何でも屋さんみたいなお店で、乾燥作業から粉にするまでをやってもらう算段をつけてあった。

ということで私の手元に大量のアカシメジの粉が集まってきていた。

「これをポーションにします」

「「はーい」」

三人でささっと作業をしてしまおう。

モリス草の薬草水にアカシメジ粉末を少量入れて、一煮立ちさせて馴染ませる。

あとはポーションと同じ作り方で大丈夫。

「はい、咳止め薬、完成」

「ミレーユさん、美味しそうな匂いが」

「先生、なんだか赤いですね」

「うん、鍋と同じ感じだもんね」

普通のポーションの回復効果は一時的なものだ。咳がずっと続くようなときには使いにくい。この特効薬なら喉にじわじわ効いて長持ちする。

それにモリス草の含有量も少ないので安く作ることができる。

本来なら通常のポーションみたいな汎用回復薬より、目的別の特効薬のようなもののほうがずっといいのだ。

汎用回復薬よりも特効薬のほうが副作用とかも少ないらしい。

もともとポーションには体に負担を掛けている部分があるみたいなので、そういった意味でも特効薬を使ったほうが、体への負担が少なくて済む。

ただ特効薬は何十種類とあって材料も異なるので、全部作っていられないという。

そんなことになったら私は一日中、調薬作業をしなければならなくなってしまう。

作業を限界までため込んで仕事詰めなんて嫌だよ。

でも今は咳止め薬が必要そうなので、こうして生産しているというわけ。

ついでにアカシメジ粉末が思いのほか大量に集まったので、薬に使わなかった分はコクが出る調味料として販売しよう。

粉末になっている状態であれば、もう毒はほとんど含まれていなくて悪用もできないから安心のはずだ。

こうして王都では初めてのアカシメジの咳止め薬が発売になった。

「咳止め薬、ください！」

「咳止め薬ができたんだってねぇ、げほげほ」

「新しい喉の薬なんだって……」

安いということもあって、軽い症状の人があっちこっちから集まって買っていく。

ちょっとした大売り出しみたいになってしまった。

今回の大売り出しはマジックバッグと違って、メイラさんにも怒られなかった。

薬だから世間の役に立っているし、それからこれによって損をする関係者がほぼいないのがよかったね。

ポーションの売り上げが少し下がっちゃうかもしれないけど、単価の安い低級ポーションだしね。

「このポーション、なんだ美味しくて」

「そうそう、なんか旨味があるんだよな」

「癖になりそう」

「もう一本、飲んでもいいかな？」

「ダメですよぅ。一日一本までです！」

「そ、そうか、嬢ちゃん」

とちょっとポーションに頼り過ぎで、アカシメジの旨味が気に入ってしまった人もいるみたい。

ささ、そういう人には粉末がありますのでアカシメジ鍋にしましょう、というふうに誘導をする。

ポーションドリンカーなんて駄目だよ。あんまりいっぱい飲むと中毒症状で死んじゃうことだってあるんだから。

ポーション中毒は本当に危ないよ。どうせ飲むなら、体も温まるアカシメジ鍋のスープにしましょう。

# 閑話(かんわ)　マリーお姉ちゃんの冒険(ぼうけん)の話

「聞いてくださいよ。ミレーユさん」

「なぁに、マリーちゃん」

「実はこの前の日曜日、王都なのに迷っちゃって」

「マリーちゃんでもそんなことあるんだ」

「はい、まだ行ったことない地区とかもあるんですよ」

「へぇ」

という感じでマリーちゃんの一日冒険譚(たん)を聞くことになった。


マリーちゃんはせっかくの休日なのでお出かけしたという。

「ふふふ、今日はどこに行こうかな」

喫茶店(きっさてん)、パン屋さん、飲食店、家具屋さん。いろいろな店が並んでいる。

人通りも多く、賑(にぎ)わっていた。マリーちゃんは通りをルンルン気分で進んでいった。

そんな時、店の前でポツンと立っている男の子を発見した。

周りには家族や知り合いはいないようだった。

「あの、どうしたの？」

「お姉ちゃん、あのね、あのね……はぐれちゃった」

男の子がマリーちゃんを見上げる。

目には涙を浮かべている。

「家に帰るところだったんだけど、方向とか分からなくて」

「そっか。よっし、お姉ちゃんが一緒に行ってあげよう」

そうしてマリーちゃんは男の子と手をつなぐ。

「名前は？」

「僕はボブだよ」

「そっか、ボブ君ね」

やせ気味だけれど身なりはよさそうだ。

商店の子や、もしかしたら貴族の子かもしれない。

どこかで転んだのか、ボブ君は膝を擦り剥いていた。

「薬草クリームっていうのがあるんだけど」

「なぁに？」

「怪我に塗るといいんだよ」

「あ、うん」

マリーちゃんはしゃがみ込むと、ボブ君の膝に薬草クリームを塗ってあげた。

何かあった時用に、普段から薬草クリームを持ち歩いているのだった。

膝小僧に丹念に塗って広げていくと、傷がみるみるうちに治っていく。

「すごいっ」

「ね、傷が綺麗になるでしょ」

「ありがとう！　もう痛くないや」

そう言ってニコッと笑う。

やっぱり子供は笑顔なのが一番いい、とマリーちゃんは思った。

「家はね、えっとこっち……だと思う」

男の子の指示の通りに進んでいく。

商業区を離れて、だんだんと貴族街の方へ向かっていた。

マリーちゃんは不安になってきた。一緒に行くと言ったものの、実は貴族街にはほとんど来たことがなかった。

それでも男の子はマリーちゃんの手をひっぱってどんどん進みながら話しかけてくる。

「それでパンにジャムを塗るんだけど、僕はイチゴジャムが好きで」

「うんうん」

「あの赤い色もなんだか美味しそうだよね」

「そうだね」

ボブ君はそこそこいいおうちの子のようだった。

庶民なら硬いパンをスープに浸して食べるのが一般的だと思う。

「あっ、たぶん向こう、あっちあっち」

見慣れた道にでも出たのだろうか、マリーちゃんの手を引くボブ君のスピードが上がった。

次の角を曲がると、ボブ君の表情が明るくなった。

「おねえちゃん、ありがとう！　もう道は分かるから、大丈夫だよ」

「あ、うん。気を付けて帰ってね」

「うん。じゃあね」

ボブ君は手を振りながら走っていき、また角を曲がって見えなくなった。

「さて、ところで、ここどこだろう」

ボブ君と別れて一人になったマリーちゃんだったが、ここで自分のほうが迷子になっていることに気付いた。

とぼとぼとなんとなく来た道を戻ってみたが、方向が分からない。

もしマリーちゃんが普段着だったら、平民が一人で貴族街を歩いているということで、衛兵に声を掛けられて連れ戻されたりしただろう。

しかしこの日はお出かけということで、マリーちゃんはメイド服を着ていたのだ。

メイド服には、上級職の格好としての意味があった。

メイドを雇っている貴族も多いし、メイド服であれば貴族街にいても何もおかしくなかった。

「みんな、大きなおうち」

それぞれの家には庭があり、大きな家屋が建っている。

貴族街は区画整理されており、規則正しく道が走っている。そのせいでどこを歩いているのかさっぱりだった。

さっき歩いた道にここも似ている。

初めて来た人には、まるで迷路のように感じるだろう。

「くぅ、どうしよう、えっと、たぶん城壁がこっちにあるから」

しかし城壁は王都をぐるっと円形に囲っているので、城壁を見ても方角を判別できない。

少し歩いてからマリーちゃんはそのことに気が付いた。

「どうしよう」

ふらふらとあてもなく歩いていくマリーちゃん。

ちょっと泣いてしまいそうだった。

家ではしっかりもののお姉ちゃんとして立派にやっているつもりだった。

でもこういうときはどうしたらいいのか、マリーちゃんには分からなかった。

「しくしく……」

そこへ背の高い騎士風の男性が通りかかった。

「あれ、あなたは」

その男性はマリーちゃんに声を掛けてくれた。

「確か、ミレーユ錬金術調薬店の人ですよね？」

「ふぁぁああ」

貴族街で自分を知っている人に出会うなんて、とマリーちゃんは感動した。

貴族に知り合いなんてほとんどいないはずなのに。

「私はほら、王立騎士団の魔術師部隊の隊長をしているランダーソンです」

「あっ、火事の時の」

「そうです。あと市民勲章の時もですね」

そう言うとビシッと敬礼を決める。おおぉ、なるほどカッコイイ、とマリーちゃんは思った。

爽やかな笑顔、バシッと決めた短髪。いかにも好青年という感じの風貌。

この歳で隊長を務めていることから、かなりの才能の持ち主かよほどの努力家だろう。

事情を話すと、ランダーソンさんが見知った道まで送ってくれることになった。

この時、マリーちゃんにはランダーソンさんが救世主に見えたらしい。

雑談なんかもしながら道を歩く。慣れない貴族街で緊張していたので、マリーちゃんはほっとした。

「それで練り薬草ですか。それから薬草クリーム」

「はい。その薬草クリーム、実は私の弟妹が欲しいって言ったことから作り始めた商品で」

薬草クリームの誕生秘話を話して盛り上がったそうだ。

少し落ち着いたのかマリーちゃんにも笑顔が戻ってきた。

「ミレーユさん、錬金術師としてすごくて」

「そうですね。あの歳であれだけの功績はなかなか見ないです」

私の話もしてくれたみたい。なんだか照れる。

背も高くイケメン。しかも騎士団の隊長で貴族街を歩いている。

こんなすごい人と一緒にいるなんてとマリーちゃんは顔を赤くしたそうだ。

そうしてせこせこと必死に歩いて、貴族街と商業区の境まで連れて行ってもらったみたい。

「ではここで、私はこっちなので」

「はい。ありがとうございました」

ぺこぺこと頭を下げて、ちょっと残念に思いながらもランダーソンさんを見送って、自分も家に戻ったそうだ。


「という話なんです～」

「なるほど、なるほど」

「それで今度、お礼にクッキーの詰め合わせとか持って行きたいなと」

「いいね。私もちょっとお世話になったから、一緒に行こうか」

「はい、ミレーユさん」

お話はとんとん拍子に進んだ。

いろいろな種類のクッキーを用意したよ。各種香料、シナモン、紅茶、カカオ、アーモンド。

ほとんどはお店ですでに売ってるけどね。

普段使わない綺麗な包装紙なんかも用意した。こういう紙って高いんだよね。

「ではシャロちゃん、お留守番よろしく」

「はい～、行ってらっしゃい」

シャロちゃんに後を頼んで、貴族街へ行く。

メイラさん経由で手紙を渡してもらって、ランダーソンさんの家に訪ねる約束を取り付けてあった。

商業区まで出てさらに先、貴族街へ入っていく。

立ち並ぶ家がどんどん大きくなってきて、緊張してくる。

「こっちでいいのかな」

「はい、こっちです」

二人でおっかなびっくり貴族街の道を歩く。

格好は分かりやすいようにメイド服にした。

こういうときに着るようなドレスを持っていないというのもある。

私たち二人のメイド服のデザインは一緒だけど、リボンのワンポイントカラーが違うんだ。

私が緑、マリーちゃんが青のリボンになっている。

ちなみにシャロちゃんは形状から違うメホリック仕様のメイド服で、ピンクのリボンがついているよ。

そうしてしばらく進んだところに目的の家があった。

「こっちこっち」

なんと隊長のランダーソンさんが、わざわざ家の前で私たちを待っていてくれた。

「すみません。家の前まで出迎（でむか）えていただいて」

「いいのいいの、さあ上がってください」

「ありがとうございます」

こうして家に入れてもらう。

ポムの彼女騒動（かのじょそうどう）の時に男爵（だんしゃく）家には入れてもらったことがあるけれど、あの家よりも大きい。

騎士団務めともなれば、かなりの上級職だ。

ソファーと暖炉（だんろ）のある部屋へと通してもらった。

「あ、あの、これクッキーです。あっ、さきに、この前、道に迷ったところを助けていただいて、ありがとうございました」

「いえいえ。クッキー、ありがとう」

マリーちゃんが緊張しながらクッキーの包みを差し出すと、ランダーソンさんはニコッとスマイルをくれる。イケメンはこういうとき、絵になるからずるい。

すぐに紅茶がメイドさんによって出されて、私たちは談笑（だんしょう）を交（か）わした。

ランダーソンさんは特に錬金術やポーションについて興味があるみたいで、錬成（れんせい）の方法や魔法制（せい）御（ぎょ）、ねるねるねの呪文（じゅもん）とかいろいろな話をする。

「ということで、うちの店には欠かせない人材なんですよ」

「そんなこと、ないですぅ」

なんでもお手伝い係のマリーちゃんの活躍を話してみせると、マリーちゃんも顔を真っ赤にしてやんのやんのと話に花を咲かせた。

ランダーソンさんの騎士団の仕事や遠征の思い出、あの火事のことなども話になった。

お話はかなり盛り上がり、お互いに情報交換もできて有意義だったと思う。

「もう夕方ですね」

気付くと窓からは西日が入ってきていた。

「そうか、もうそんな時間か。楽しくて時間を忘れてしまったようだ、すまない」

「いえ、ではそろそろ失礼します」

「ああ、今度、またお店に寄らせてもらうよ」

「ありがとうございました」

私たちは楽しい会話はそこまでにして、貴族街をそわそわしながら戻ってくる。

ミレーユ錬金術調薬店のある通りに出たときにはほっとしてしまった。

やっぱり自分の家が一番楽でいいな、などとちょっと失礼なことを考えた。

貴族のお家は素晴らしいけど緊張しちゃうもんね。

「マリーちゃんもお礼が言えてよかったね」

「はい、ミレーユさん。また機会があったら会いたいですね」

「そうだね」

こうしてマリーちゃんの冒険は幕を閉じた。

# 16章　上級ポーションだよ

秋のある日。

また黒塗りの馬車がやってきて、店の前に停まった。馬車から降りてきた執事さんらしき人が、お手紙を持ってきた。

執事さんは手紙を渡すと、カウンターの前で直立している。どうやらその場でお返事を待つようだ。

私は手紙を持って裏へ行くと、封を開けて中身を読んだ。

「ミレーユさん、なんでした？」

「えへへ、ちょっとこっち」

常連さんに言付けして待ってもらい、三人で少しだけ店の裏の部屋へ回る。

「うん、上級ポーションの作製依頼みたい」

「へぇ」

「ちょっと、ミレーユ先生すごいじゃないですか！」

あまりよく分かっていないマリーちゃんと、びっくりしているシャロちゃんは対照的だった。

「うん、なんだかうれしいね」

「そうですよね。ミレーユ先生が認められたってことですもん」

鼻息荒（あら）く説明してくれるシャロちゃんに、マリーちゃんもなんとなく分かってきたのか興奮し出した。

「え、そんなにすごいんですか。ミレーユさんよかったですね」

「うん、さてどうしたものか」

上級ポーション。名前だけはちょくちょくご登場のすごいポーションだ。

まず材料。貴重な素材が多くどれも値段が高い。もちろん中級ポーションに使っている安定剤（あんていざい）のボブベリーといったおなじみの素材も入れるのだけど、その他の材料が高いので貴族くらいしか売買できないのだ。

そもそもそういう貴重な錬金（れんきん）素材は、貴族が秘蔵していたりと市場にあまり出回らないので、ほいほい作ることができない。

だからこうやって在庫は持たず、必要な時だけ依頼を受けた錬金術師が、依頼主の貴族が用意した素材を使って作る、という体制になっている。

もちろん錬金術師は上級ポーションが必要な貴族による指名なので、こうやって直接依頼されないと出番がない。

上級ポーションの依頼を受けて成功した錬金術師は、王都の伝統としては一人前として認められる。

それがついに私のところに回ってきたのだ。

私が上級ポーションの錬成（れんせい）をできることは、メイラさんに教えてある。

どうやらメイラさん伝手でその話が広まっていたようで、この前の市民勲章の件で注目されて、ご指名をいただけたようだった。

「これ、引き受けます」

「ありがとうございます」

店で待っていた執事さんに返事を伝えると、執事さんは一礼して去っていった。

ということで上級ポーションの作製依頼を受けることとなった。


それからすぐ二日後。

基本的には材料が揃ったところで、貴族が錬金術師の誰かに依頼してくる。

材料の中には鮮度が大切なものがあるので、のんびりするわけにもいかない。

材料を並べると、錬金釜の前で私とシャロちゃんがスタンバイする。

「よし、それじゃあやりますか！」

「しっかり見学します」

「うん、ちゃんと見てるんだよ」

「はいっ」

「あとでシャロちゃんにもやってもらうからね」

「はいっ！　えっ、私もですか⁉」

「あれ、言ってなかったっけ」

「聞いてないですぅ」

「というわけで今言ったからね！」

「わ、分かりましたっ」

上級ポーションの製法はちょっと面倒くさい。

まず材料の下準備がある。

いくつかの材料をすり鉢に入れてゴリゴリと粉にしていく。

特徴的な材料と言えばこれ。

「じゃじゃん！　ドラゴンの尻尾」

「おぉぉ～～」

トカゲの尻尾と同じで切っても再生することから、ドラゴンの尻尾のお肉は再生の象徴とされている。

今回使うのは、だいぶ前に討伐されたブルードラゴンの尻尾のお肉だ。乾燥してジャーキーみたいにしたものが王都では流通していて、値段は高いもののドラゴン一体から大量に取れるので、在庫は結構あるらしい。

ただこれも今のドラゴンの分がなくなったら、次にいつドラゴンが討伐されるかは不明だ。

在庫があるうちはいいんだけど、将来的には不安が残る。

「ドラゴン討伐とか何年も前のことだもんね」

「そうみたいですね。でも、ドラゴンって！」

「田舎のハシユリ村にもドラゴンの素材が回ってきて、その時に討伐の情報も知ったんだ」

「なるほどぉ」

シャロちゃんが感心してくれる。

ドラゴンステーキとか食べてみたかったな。誰かドラゴンを討伐してこないかな。

平和な王都生活からは縁遠い話だね。私たちは冒険者じゃないし。

「それから使うのは水じゃなくて妖精水」

「あ、はい」

妖精の泉といわれる場所からとってきた水だ。

あと高い鮮度が必要なものとして、マルボロの花びら。

縁が真っ赤で中央側が黄色の花びら。花びらは一つの花に六枚ある。

エルフがいそうな深い森の奥に咲いているとされる貴重な花だ。

その花びらには高い魔力が含まれているが、乾燥すると失われてしまう。

ちなみにスイカに似た実をつけることでも知られている。

ということで妖精水に他の材料を入れて、煮ていく。

「シャロちゃん、よく見てて」

「はいっ」

「ねるねるねる～ねるねるねる～」

「お、おう」

「ねるねるねる～ねるねるねるねる～」

いつもより多く練っております。

溶液に加える魔力量も半端ではない。秘薬ほどではないが、かなりの魔力を注入する。

一般人がこんなことをしたら干からびてしまうくらいだ。

私はエルフの血もあるし、ちょっと普通ではないのだ。えっへん。

こうしていくつもの工程を経て、ピカッと光って、ほい完成。

「上級ポーション、できました」

「おぉおおお、さすが先生」

「えへへ」


さて、真剣な表情のシャロちゃんがおります。

「ではワタシの番ですね」

「うん。まあ、万が一失敗しても、私の分だけでも最低限あればいいんだって」

そう、今回は大変ありがたいことに、二個分の上級ポーションの材料をご用意いただいた上で、最低限一個完成させればオッケーという依頼になっていた。

もし二個目も成功したら他の貴族に転売する予定で、失敗してもお咎めはなしなんだ。

ただし一個しか成功しなかった場合には、報酬は一個分しか貰えない。

こう言っては悪いけど、王都の錬金術師はあまり能力が高くないので、二個依頼して一個できれば上等くらいの認識のようだ。

　ということで私が一つ完成させたので、せっかくなので二つ目はシャロちゃんの練習に使うことにしたのだ。

　シャロちゃんの中級ポーション錬成も板についてきたし、そろそろいいかなって。

「ではやります」

　下準備はいっぺんにやってしまったので、今回は実際の錬成作業だけだ。

「はい、どうぞ」

「ね、ねるねる、ねるねるね」

「そそ、そんな感じ、もう少し魔力多めで」

「はい。ねるねるねる〜、ねるねるね〜」

「うんうん、今のところは大丈夫」

「はい、先生」

　何回も魔力を混ぜて馴染ませていく。

　だんだんポーションに加える魔力の圧力が上がっていく。

「ねるねるね、あっ、なにこれ、あっ、ううう」

　ボーン。

　ちょっと急に魔力を入れすぎた。

　魔力が暴発して錬金釜から煙を吹いたかと思ったら、煙はすぐに散り散りになっていく。

こうなったらもうポーションにはできない。

「あっ、そんな……」

「残念。魔力を入れるのって難しいよね」

「はい、すみません。やっちゃった、先生」

「ううん、これはしょうがない。初めてだもんね」

「ううう」

「最初からうまくできる人なんていないよ。それは天才だけ」

「そうですか……」

しょんぼりとしてしまうシャロちゃん。

失敗しちゃったけど、これも経験だよね。

お金は半分しか貰えないけど、仕方がない。

「うう、いけるかなと思ったのに」

「だね。もう少しだったと思うよ」

すでに中級ポーションも作れるようになっていたし、シャロちゃんも最初のころに比べて、錬金術師としての自信がついてきていたのだろう。

でも実際に上級ポーションを作るのは思った以上に難しかったのだ。

こればっかりはぶっつけ本番でやってみるしかないから仕方ないけど、せっかくの自信も粉々というものだ。

そりゃ落胆しちゃうよね。

「せっかくの上級ポーションの材料が……」

「うんうん。貴重品だもんね。分かるよ」

貴族くらいしか集められないほどだから、かなり希少で高価なものばかり。

一般市民では手が出ないような材料なのに、失敗して無駄にしてしまった。

責任を感じてるんだろう、涙目だ。

そしてこの失敗したポーションだよね。どうしよう。

ポーション瓶に移してみたところ、魔力がかなり込められたままだった。

ポーションとしての効果はありそうだけど、どんな効果があるか分からない以上、人間に使うには躊躇われる。

「ポムちゃん、これ飲む？」

「きゅきゅっ」

ポムに聞いてみると、うれしそうにぴょんぴょんしながらやってくる。

そして触手でポーションを掴むと、一気に飲んでまたぴょんぴょんする。

なんかじわっとポムが発光してる。

なんだこれ。

「ポムちゃん、どうしたの～」

「きゅきゅっ、きゅぅ」

ポムがプルプルッて震えたかと思うと、発光が収まっていく。

なんか大変満足したみたいなドヤ顔だった。

「よかったね、ポム」

「きゅきゅきゅきゅきゅ」

とても機嫌がよさそうだ。

一方でシャロちゃんはしばらくは落ち込んでいるようだった。

気を落とさないで、また今度頑張ろうね。

# 17章　晩秋ピクニックだよ

上級ポーションの作製依頼という大きな仕事で大金も入った。

一個は失敗しちゃったけど、そもそも一個でも成功すれば結構なお金になるのだ。

それくらい上級ポーションの製造は難しいとされる。

「シャロちゃんを労って、ピクニックに行きたいと思います」

「はーい」

「シャロちゃん、よかったですね」

あれから落ち込んでいたシャロちゃんのことを、マリーちゃんも心配していた。

三人で収納のリュックを背負ってお出かけだ。あ、もちろんポム隊員もいるよ。

王都から出る機会はあまりないので、楽しみだ。この前は西の森へ行ったんだっけ。

今日は北側のエレーナ山に向かう。標高はあまり高くない。

王都の北門を通る際に、門番さんに挨拶をする。

「ピクニックに行ってきます」

「ピクニック、ですか」

「エレーナ山まで。ついでにキノコ狩りですぞ」

「キノコ狩りか。そういえば最近はアカシメジが流行ってますね」

「そうでしょ。今日はマツタケ狩り」

「いいですね。行ってらっしゃい」

門番さんに見送られながら進んでいく。

西の森と違ってエレーナ山は危険な魔物は少ないから、護衛を連れていなくても大丈夫だろう。

山まで続く道には、草と木がまばらに生えている。

角ウサギやスライムなどがたくさんいるものの、特に向こうから近寄ってこないので、今のところ無視している。

「らんらんら～♪」

「ららららん♪、らららん♪」

みんなでお歌を歌ったりして進んでいく。

普通のリュックだったら荷物が重いのだろうけど、私たちは収納のリュックのおかげで重さを感じないので、足取りも軽い。

作ってよかったマジックバッグ。

「レッドフォックスだ。シャロちゃん、マリーちゃん」

レッドフォックスは赤い毛を持つ狐だ。ウサギよりちょっと大きい。

顔はかわいらしく、それからすばしっこい。

魔物だけれど、別に悪いことをするわけでも攻撃的でもない。

小動物や木の実などを食べる雑食性だね。

お肉はそれなりに美味しいらしいけれど、私は食べたことないや。

今はリンゴを咥えていた。かわいい。

「ペットとかにならないのかな、ミレーユさん？」

「野生の魔物だから難しいよね」

「そっか」

ふむふむとマリーちゃんが納得してくれた。

平野部が終わると道が上り坂になっていく。

実はエレーナ山は谷底まで山が続いているんだけど、その谷底に砂が積もって、今まで歩いてきた平野部ができてるんだよね。

だから平野部を進んでいると突然山が生えてきたみたいになっている。

斜面をえっちらおっちらと足に力を込めて登っていく。

「斜面は登るの大変ですね、先生」

「そうだね」

「ひーひーふー」

「うんうん。呼吸も大事だね、マリーちゃん」

「はいっ」

斜面に向かってまっすぐ登るのは大変なので、ジグザグな経路で進んでいく。

「先生、木の根元に大きいキノコが」

「おおぅぅ、これはサルノコシカケだね」

「ふむ」

「滋養強壮剤とかになるよ」

「なるほど」

「正確に言えば錬金術じゃないんだけど。民間薬だね」

角ウサギの角の粉末とかも民間薬だ。

錬金術で作るのは魔力を込めたものが多いが、民間薬は粉末にした動植物を煎じて飲むのが主流だ。

民間薬も長い年月の間、信じられてきたものだけど、私が信じているかというと半々くらい。

ポーションには明らかな回復効果がある。

一方、民間薬は効いてるのか分かりにくい。慢性的な腹痛とか倦怠感とか冷え性とか、劇的に改善されたと判断しにくい症状に使うことが多いのも、その理由の一つだ。

ナイフを出してサルノコシカケを切断していく。

「これも売れるから持っていこう」

「はいっ」

サルノコシカケは大きいけど、収納のリュックに入れてしまえばどうってことない。

私たちの収納のリュックは、容量も大きいから余裕なのだ。

万が一、迷ったときのためにテントなどの野営グッズも入れてある。

しばらく歩いていると、シャロちゃんが地面を見つめて立ち止まっていた。

「なんか変な黄色いものが」

「これは粘菌（ねんきん）だよ、シャロちゃん」

「なんですかそれ？」

「えっと、小さな細胞（さいぼう）が集まってる変な生き物」

「へぇ」

粘菌を説明するのは難しい。

スライムの原形だという説があるが、よく分かっていない。

粘土（ねんど）みたいなものがちょっとずつ移動していく。

棒でつついたりしてみても無反応だった。

「みてみて、イエロースライム」

いつの間にかどこかに消えていたマリーちゃんが黄色いスライムを両手で抱（かか）えて戻（もど）ってくる。

ポムと比べたらだいぶ小さい。それでも両手の幅（はば）くらいはある。

まだまだ若い個体だろう。

「イエロースライムは初めて見たよ」

「珍（めずら）しいですね」

私とシャロちゃんはそれを興味深く観察した。

ポムも近づいてじっと見つめている。

スライムは色によって種類が違うとされる。

能力が違ったり、それから素材としても効能が違う。

イエロースライムはかなり珍しい。

スライムの大半はブルースライムだね。

ちなみにポムはグリーンスライムで、山や草原にいる。

高い山の溶岩（ようがん）地帯にはレッドスライムがいると聞いたこともある。

スライムは全世界のあらゆる場所に住んでいて、それぞれ進化して環境（かんきょう）に適応している。

「まあでも、もしかしたら危険かもしれないし、戻しておいで」

「はい、ミレーユさん」

私は一応忠告しておく。

この子は大人しいみたいだけど、スライムの中には酸弾（さんだん）を飛ばして攻撃してくる怖（こわ）い個体もいる。

「じゃあね、ばいばい」

こうしてイエロースライムとはお別れした。


「どうしたのポム？」

「きゅっきゅ」

しばらく歩いているとポムが何かを訴（うった）えかけてきたので、私が聞くと身振（みぶ）りで右の方に何かいると教えてくれた。茂（しげ）みの中を見てみると、それはいた。

「ジャイアントスラッグだね。別にそこまで珍しくないけど」

「持って帰りましょう」

「先生、私も食べたいです」

うん。前にも説明したと思うけど、貝の仲間で食べると美味しい。

クリーム色をしていて、この子は四十センチくらいだろうか。

ウミウシみたいな形をしている。

まあ、スラッグというのはナメクジのことなんだけど……。

ぽいっと掴(つか)んでバッグに放り込む。

「スープにしましょうか、ミレーユさん」

「そうだね」

マリーちゃんがさっそくどう料理するかを考えている。

美味しいもんね。

ジャイアントスラッグは自分で取ってこないと、なかなか食べる機会はない。

王都でも取引自体はあるものの、流通量が少ないのであまり見かけないのだ。

貝の旨味(うまみ)を想像するとヨダレが垂れそうだ。いい出汁(だし)が出るに違いない。

今日はツイている。


そんなこんなしているうちに周囲が松林になってきた。

「そろそろですなぁ」

「マツタケですね！　ミレーユさんは好きなんですか？」

「先生は山育ちだからマツタケ好きそう」

「えへへ、毎年いっぱい採ってきてたよ」

「そうなんですね」

落ち葉などを掻き分けて斜面をじっくりと見ながら移動していく。

「ミレーユさん、見つけました。マツタケです」

マリーちゃんだ。いい目をしている。こういうのをキノコ目っていうんだよ。

手に持ってガッツポーズ。いえいっ。

「先生、私も！」

今度はシャロちゃんだ。二人ともいいね、いいね。私も頑張るぞ。

こうして三人でマツタケを探して回る。

「えへへ、どうだ。二個目発見です」

マリーちゃんが再び勝鬨を上げる。

「ぐぬぬ。私も頑張るもん」

先生の威厳を見せてやる。都会っ子に負けてはいられないのだ。

次こそは私の番だもんね。

それからしばらくは、誰もマツタケを見つけられなかったが――。

「ついに、見つけた！　キノコちゃん！」

私がマツタケを発見。どうだ、どうだ。

「ミレーユさん、やりますね」

「先生。見直しました」

「うやまいたまえ」

「あっはは」

マリーちゃんに笑われてしまった。

こうしてしばらく楽しくマツタケ狩りをした。

ポムもポンポン移動して、二つも発見していたよ。

ポムにも鼻があるのかな。匂いで分かるみたいだけど。

スライムの生態はなかなか謎に包まれている。

誰かもっと研究してくれないだろうか。


今日はピクニックなので、そのまま山を登っていき山頂を目指した。

山の頂上付近は、木が生えていなくて草地になっていた。

「到着だよ」

「頂上です！」

「着きましたね」

「きゅっきゅっ」

私、マリーちゃん、シャロちゃん、ポムと四人でよろこびの声を上げた。

「すごい、よく見えます」

マリーちゃんがぐるっと見渡して言った。

山の頂上からはマリーちゃんの言う通り、王都ベンジャミンやベンジャミン湖、西の森、南の王都平原、さらに遠くの海まで見渡せた。

「すごい、あれが海」

「ですねぇ」

私とシャロちゃんも感心してそれを眺める。

王国の最西端に広がるソディリア海だ。

おっきな帆船とか憧れるよね。

その帆船がソディリア海にある港には十隻以上停泊しているというから、すごいんだろうな。

空を飛ぶ飛空艇というのもあるけれど、滅多に見ることはない。

たまに王都まで飛んできて王都民を驚かせる。なんといっても空を飛んでるし。

「ハシユリ村は、えっとあっちかな」

「ミレーユさんの故郷ですか、どれどれ」

「先生も遠くに住んでたんですねぇ」

私の故郷、ハシユリ村もだいぶ遠い。

森と山があるのは見えるけれど、どのあたりかはよく分からなかった。残念。

さて景色を眺めた後は、さっそくシートを敷いてお弁当を広げる。

そろそろお昼にちょうどいい時間になっていた。

「お腹ぺこぺこです、先生」

シャロちゃんが舌をペロっと出して主張する。かわいい。

「では二人とも、いただきます」

「「いただきます」」

朝にうちで作ってきたサンドイッチを食べる。

今日の具はお肉の辛味噌炒めになっている。お肉は珍しく奮発してビーフだ。

「美味しい」

「「ねー」」

三人でニッコニコで食事をする。

一方、ポム隊員はというと、この日当たりのいい頂上の草、中でも薬草をムシャムシャしていた。

秋だけれどまだ青々としている葉っぱを選んで、次々に口に放り込んでいくもんだから、なんか見ているると微笑ましい。

新鮮な薬草はポムの大好物だ。

「ポムも新鮮な薬草を食べられてよかったたね」

「きゅっきゅっ」

ポムも応じてくれる。

しかしすぐに薬草をもぐもぐする作業に戻る。お話より食い気らしい。

ポムも食べるものに関しては、結構執着があるみたい。

山頂は長閑で、久しぶりにゆっくりした時間を過ごした気がする。


帰りにはホーンディアを見かけた。角鹿だ。

「角、立派でしたね」

「うん。あれはオスだね。マリーちゃん」

「そうなんですか？」

「そうだよ。メスのは角が小さいんだ」

「へえ」

体長二メートル近い大形の鹿だ。

ホーンディアの角も、角ウサギと同じように民間薬として使われる。

肉は赤身が多くて食べ応えがあるから、好む人も多いらしい。食べたことない人が過半数だろうけど。

魔物の角はほとんど民間薬に使われるね。

魔物の中でも特に竜の角は効果が高いとされていて、「竜角粉」という民間薬は万病の薬とされている。

ただ本当に万病に効くかは疑問がある。

竜の角自体には強い力があるため、なんらかの効果はあるけれど、その本来の力を民間薬で出せているかと言われると微妙かもしれない。

錬金術の材料にすることもあるので、そちらの効果は折紙付きだ。

ホーンディアの話に戻ると、彼らは草食の魔物で普段は大人しい。

ただ敵だとみなした存在には角を向けて突っ込んでくるので、攻撃力自体は結構ある。

以前、牧場で飼うという試みがなされたことがあるみたいだけど、失敗したみたい。

王都に来てからメイラさんと話した記憶がある。

そんなこんなでピクニックを楽しんできたよ。

◇

さて前もキノコ鍋を食べたけど、今回はなんとマツタケのキノコパーティーだ。

ピクニックから戻ってきた日の夕方、さっそく開催することにした。

「私も呼んでもらってすまないね」

「いいんですよ、メイラさん」

せっかくなのでメイラさんもご招待した。

「まずは焼きマツタケ」

「シンプルイズベストですね、ミレーユさん」

「そうだね！」

今日は魔道コンロじゃなくて、七輪でマッタケを焼いている。

マッタケのいい匂いが周囲に漂（ただよ）っている。

すごい。こんなに美味しそうな香（かお）りは久しぶり。

「キノコです。キノコです」

シャロちゃんもちょっと変な感じにハイテンションだ。

ポムもポヨンポヨンとうれしそうに跳（は）ねる。

「もぐもぐ、美味しい」

まず私がいただく。食べると、さっきから漂っているいい匂いを強く感じる。それからキノコの旨味がじゅわっと出てくる。

「うむ、やっぱり秋といえばマッタケだな」

メイラさんのお口にも合ったようでよかった。

続いてシチューをいただく。キノコたっぷりシチュー。

口に入れるといい香りとマッタケと野菜の旨味が広がって、濃厚（のうこう）な味に舌鼓（したつづみ）を打つ。

「せっかくのお休みですもん、楽しんじゃいましょう」

「いえーい」

マリーちゃんもはしゃいでいた。

みんなでバクバクと美味しいご飯を頂いて、楽しく過ごすことができた。

お酒は飲まない。まだ十四歳(さい)だからね。

その代わりに私たちはジンジャーエールをごくごくと飲んだ。

そろそろホットのコーヒーや紅茶も美味しい季節になってきた。

とはいえ炭酸のシュワシュワもなかなかいい感じで飲み応えがある。


マツタケを一通り満喫(まんきつ)して、お開きとなった。

みんなで後片づけをしてから、マリーちゃんとメイラさんとはお別れをする。

おうちにはシャロちゃんとポムの三人だけ残った。

「ミレーユ先生……」

「どうしたの、シャロちゃん」

「キノコパーティー終わっちゃいましたね」

「そうだね」

「あっという間でした」

ニコリと笑って見つめてくる。でもその顔はどこか寂(さび)しそうだ。

「うん。来年もやろうか」

「はい。きっと来年はもっと楽しくなりますよ」

シャロちゃんが、ポムを拾ってきて膝(ひざ)に乗せた。

ポムも満更でもない表情でプルプルしている。

シャロちゃんがポムを撫でると、ポムもうれしそうに揺れる。

ポムは最近太ったのか、前よりも重くなったような気がする。

「ポムもシャロちゃんとずいぶんと仲良くなったね」

「そうですね、ポム？」

ポムも応えるようにプルンプルンとシャロちゃんの膝の上で震えた。

「ホットコーヒーでも飲みます？　ワタシ淹れてきますね」

「あ、うん。お願いしていい？」

「もちろんですとも、先生」

うんうん、シャロちゃんはよく気が利く弟子だ。

ポムは床に下ろされてしまったので、今度は私のところに甘えにくる。

私もポムを拾い上げてポンポンする。

まったく、人懐っこいスライムだこと。

このポム隊員。普通のスライムより大きくて年齢も重ねていて、そして賢いらしい。

喋らないけれど意思の疎通はできるので、なかなか愛嬌がある。

ベッド脇にストックしてあるクッキーを出して、ポムにあげる。

パクンとクッキーを口に入れて、もぐもぐする姿はなんともいえない癒やしの光景だ。

「コーヒーできました」

「シャロちゃん、ありがとうございます」

「いえいえ、いつでもどうぞ」

「えへへ、いただきます」

熱々のコーヒーを啜る。

「おいちい」

「ふふ、子供みたいですよ」

「今だけシャロちゃんの子供になろうかな」

「先生のほうが子供なんですか？」

「うんっ」

「ふふふ」

なんでもない、一時。その瞬間がとても大切で居心地がいい。

シャロちゃんと言葉を交わしながら、コーヒーを飲む。

こうしてゆっくりできる時間がとてもうれしい。

「じゃあ寝よっか、シャロちゃん」

「はい、先生。おやすみなさい」

「おやすみ～」

隣にはシャロちゃんもいるし、お腹の上にはポムもいる。

今日もいっぱい遊んだからぐっすり眠れそうだ。

## 閑話　シャロちゃんの再挑戦の話

上級ポーションの錬成に失敗してからというもの、シャロちゃんは魔力を練る訓練に励んでいた。

「ね～るねるねる、ねるねるね」

いつもと同じ練習だけど、回数を増やしている。

それからちょっとした練習用に、右手と左手の間で魔力をやりとりする訓練なども実践していた。

これは寝る前のお布団の中や、昼間の仕事の合間とかにもできるので、空き時間を見つけては繰り返し、本当に繰り返し練習したようだった。

中級ポーションを作る分担も、シャロちゃんの量を増やして実技での鍛錬も続けていた。

集中して取り組んだからか、前よりもだいぶ安定して魔力を出せるようになってきた。

そんな時、再び上級ポーションの作製依頼が入ってきた。

慣れている錬金術師でもしばしば失敗することがあることは共通認識なので、前回の一個成功であってもきちんと実績としてカウントされていた。そのため、他の貴族が私のところに依頼してきたようだ。

「今度こそ、ワタシにやらせてください」

「いいよ。今回も一個作製の依頼だけど予備の材料があるんだ」

「なるほど」

前回同様、最低一個できればよいという依頼で材料が二個分ある。こちらとしてはとても助かる。

二連続で失敗する錬金術師も中にはいるらしいと聞く。

その辺は、そもそも技術が衰退しつつあった王都の錬金術師には荷が重いのだ。

なんとか技術は継承しているけれど、練度も足りなければ、魔力量も足りないという人もいる。

上級ポーションが一人前の証といえど、ぎりぎり作れているというのが現状みたいだった。

シャロちゃんができるようになれば王都としては即戦力になるだろう。


ということで、シャロちゃんの再挑戦の機会が思ったより早く訪れた。

「頑張ります。よし、今度こそ……やります！」

「うん。いい気合いだね」

「ワタシ、負けません。自分自身にも、上級ポーションにも。立派な錬金術師に、なりたいです」

「そうだね、応援してる」

シャロちゃんが手を握りしめて、頑張るぞというポーズをする。私とマリーちゃん、ポムは応援部隊だ。

今回は私の指示に従って、下ごしらえの作業からやってもらう。

ドラゴンの尻尾などの材料を粉にした後、他の材料と一緒に妖精水に入れて、煮ていく。

そして一煮立ちしたところで、魔力注入へと進む。

「ね～るねるねる、ねるねるねるね」

「そそ、いいね」

「ね～るねるねる、ねるねるね」

「そんな感じ、多すぎず少なすぎずだよ」

「はい。ね～るねるねる、ねるねるね」

シャロちゃんが魔力を加えていく。

前回よりもずっと安定している。日ごろの訓練の成果が出ていた。

いい感じだ。

「もうちょっと……もうちょっとで、そうだ、このまま」

「シャロちゃん頑張って」

「シャロちゃん、マリーも応援してますよ」

「はい、ワタシだって、ワタシだって……、よし、いい感じ」

そのまま作業は進んでいき、最後にピカッと光る。

それはポーションが完成したことを知らせる合図だ。

シャロちゃんの今までの努力が実ったのだ。

「できました！」

「おめでとう、シャロちゃん‼」

シャロちゃんはついに上級ポーションを作製することができた。

これで立派な錬金術師の一人となった。

「すごい、うれしいです」

「やったね、シャロちゃん」

マリーちゃんもお祝いをしてくれた。

「やったやった」

三人で手を取り合ってぴょんぴょんとポムみたいに跳ねる。

シャロちゃんの目からは涙も少しこぼれていた。

「先生！　私、うわーん」

「おぉぉ、よしよし」

「わーん、えええええんんんん」

シャロちゃんが泣き出してしまう。

これは前回の悔しかった涙とは違う、うれし泣きだ。

この間の失敗を経験してから、辛かったこと、苦しかったこと、悩んだこと、いろいろあったと思う。

そういうのを全部飲み込んで、練習を重ねてついに成功した。

私でも上級ポーションを錬成できるようになるのには、ずいぶん苦労した思い出がある。

それを彼女は短期間でものにしたのだ。

もともと錬金術店で学んでいたとはいえ、うちに来たときには初心者に近かったのに、短期間ですごく成長した。

シャロちゃんの成功はそれくらい快挙だった。

「できた、できました」

「えらいね、シャロちゃん。ばんざーい」

「「ばんざーい」」

「ばんざーい」

「「ばんざーい」」

「ばんざーい」

「「ばんざーい」」

万歳（ばんざい）三唱。みんなで諸手（もろて）を挙げてよろこんだ。

「シャロちゃん、いやシャロ先生だね！」

「そんなミレーユ先生。私なんてまだまだ、全然ですよ」

「これからもよろしくね」

「はいっ、こちらこそ、よろしくおねがいします」

こうして感動の上級ポーション錬成となった。

その後、ついでとばかりに残った材料でもう一本の上級ポーションを完成させておいた。

シャロちゃんは真剣（しんけん）に私の作業を見つめていた。

少しでも技術を自分のものにしようとするその瞳（ひとみ）は、確かに錬金術師の目をしていた。

# 18章　出張講師だよ

「うーん、どうしようかなぁ」

私はちょっと悩んでいた。

「どうしたんですか？　ミレーユさん」

いつものようにマリーちゃんが聞いてくれる。

「あのね、王立学園の講師の依頼が来たんだけど」

王立学園というのは、貴族や裕福な家庭の子供が十三歳から三年間通う学校で、結構な長い歴史がある。

ここを卒業すれば、王国においては一定のエリートちゃんとして認められる。

学園の授業に錬金術はないため、初級ポーションの作製を一年生に見せて、実践もついでにやらせてみたいという話だった。一応、今回限りの臨時講師だ。

ちなみに錬金術はクラブ活動の一部でのみ扱われているらしい。

「講師ですか？　別にいいんじゃないですか。ミレーユさんが午後にいない日があっても、そこまで困らないと思いますよ」

「そうかな？」

「はい、私たちだけでもお店は回せますし」

「そっか」

「心配なら前みたいに警備の女の子を雇ってもいいんじゃないですか」

「じゃあ、そうしようかな」

普段は私がいるので、荒事があってもなんとかする自信があるから平気なのだけど。

私抜きでマリーちゃんとシャロちゃんだけだと心細いだろう。

ポムは戦力外だし。スライムは魔物の中でも最弱候補だもんね。

なんたって冒険者にとって最初の戦闘相手はスライムというくらいだし。

そっか、ジンジャーエールおじさん事件の時みたいに、警備を頼めばいいのか。

それで講師の依頼料と警備代で差し引きプラスになればいい。

「分かったよ。じゃあ依頼受けようかな、講師の」

「ってことは、ミレーユさんが先生になるんですね。シャロちゃんが聞いたら面白がりそう」

シャロちゃんは普段から私のことを先生呼びだから、先生が先生になるって言いながら笑ってそうだよね。


という感じで、王立学園へ出張することが決まった。

当日の午後、王都を一人でとぼとぼと歩いて学園を目指す。

私の留守は予定通り、警備を依頼して任せてきた。

王宮の近くに学園は建っていて、敷地もかなり広い。

「えっと、講師になる、ミレーユです」

「あっ、はい、聞いていますよ。通っていいです」

学園にも通用門みたいなところがあるので、そこを通してもらった。

ちゃんと話が伝わっているようでよかった。

ここで「お子様は入っちゃ駄目(だめ)ですよ」とか言われたら悲しいもんね。

「結構大きい」

建物は四階建てで、かなりの大きさだった。

教会とかと同じ総コンクリート製だ。

このコンクリートも錬金術関連の商品なんだよ。うちでは扱っていないけど。

石と違(ちが)って好きな形にできるから便利だし、それでいて強度があるからすごいんだよ。

近代建築の発展の賜物(たまもの)だね。

とりあえずその辺にいる人を掴(つか)まえて、職員室の場所を聞く。

「えっと、西館の一階？　分かりました。ありがとう～」

「先生、頑張(がんば)ってください」

聞いたのはどうやら生徒だったらしい。私より明らかに年上ではある。

生徒は年中式を終えたばかりの十三歳から十六歳までだ。

私もどちらかというと生徒の年齢(ねんれい)なので、先生というのが珍(めずら)しいのだろう。

ちょいちょい視線も感じる。

無事に職員室に着くと、教頭先生から私が講師をする特別授業についての説明を一通り受けた。

授業までには少し時間がある。

「あらぁ、かわいらしい先生がいるわよ」

「ほんとう。かわいい、かわいい」

女性の先生たちが集まってきた。

みんなで私を撫でてくる。

なぜか結構人気になってしまった。

「コーヒー飲むかしら？」

「あ、はい。ありがとうございます」

コーヒーをごちそうになる。

「ミルク入れるわよね。はい」

職員室にはちゃんとミルクもあるらしい。

「おいち」

「ふふふ、よかった。かわいい」

先生たちとしばらく談笑を交わした。

生徒たちの自慢とか、変わった子がいるとか、面白い話をいくつか教えてもらった。

「悪戯小僧もたまにいるから、気を付けてね。うふふ」

「は、はい」

そんな忠告もいただいた。

時間になったので、今回受け持つ特別授業の教室へと向かうことになった。

学園の授業には錬金術の科目はないので、魔術の授業の一部を借りて行うことになっていた。

魔術と錬金術は魔法制御など共通点が多いからだ。

教室に案内してもらい、中へと入る。

私が教卓の前につくと、生徒たちは号令とともに頭を下げてくれる。

「起立、礼。おねがいします」

「「おねがいします」」

「はい、ありがとうございます。私はミレーユ錬金術調薬店のミレーユ・バリスタットです。今日はよろしくお願います」

パチパチパチ。

私が挨拶をすると、みんな拍手をしてくれた。

「先生、小さくてかわいい」

「私たちと年齢も違わないわよね。すごいわ」

「子供店長とか言われてたんだよね、たしか。なるほどなぁ」

私の噂はこんなところまで広まっていたのか。

何はともあれ、授業を始めよう。

授業を行うこの教室は通常の教室ではなく、実習室になっている。

実験などができるよう大きなテーブルがいくつかあって、そのテーブルを囲むように生徒たちが班単位で座っていた。

今日の授業は初級ポーションの作製実習となっている。まずは初級ポーションの効能や製作の工程を黒板を使いながら説明していく。

「先に先生が手本を見せますね」

新鮮なモリス草をみんなに見せる。

「この薬草が初級ポーションになります」

モリス草を刻むところを見せながら、錬金釜に投入していく。

それから用意してあったお水を入れる。

「ここから棒でかき混ぜながら煮ていきます」

棒を持っていない方の手を錬金釜にかざす。

「このように錬金釜に魔力を注ぐと熱が出てくるので、沸騰するまで魔力を注ぎます」

しばらく煮ていくと、薬草からいい感じに成分が溶け出してきた。

「そして癒やしの魔力を注ぎます。少し難しいですね。でも何人かに一人はできると思うので、各班で代表の子を決めて、挑戦してみてください」

最後にピカッと光る。

「はい、完成です。ね、簡単でしょ」

「「「おおおお」」」

ポーション完成の瞬間は光って割と派手なので、反応はまずまずといったところだ。

「それでは各班、錬金釜を取りに来てください」

教卓には学園の備品の錬金釜を並べてある。

班ごとに取りに来て持っていく。

「では始めてください」

ナイフも用意してあるし、生徒によっては護身用として持ち歩いているものを使う者もいた。

学校にナイフなんてと思うかもしれないけど、武器を使った戦闘の実習もあるので、武器の持ち込みは許可されている。

自分たちの身は自分で守るのが基本だ。

もちろん誰かを傷つけたりしたら怒られてしまうけれど。

「やった！　できました」

「こっちは、失敗しちゃった」

「うちはなんとか完成、だよな？」

いろいろな反応が返ってきて面白い。

「なんで失敗したか、考えてみましょう」

失敗から学ぶことも多いのだ。

それを班ごとに考える時間を取って、あとで発表をしてもらった。

ある班は魔力を注ぐ担当になった子が、どうやら癒やしの魔力をうまく使えない子だったみたい。

他の班もそもそも魔力を注ぐのがうまくいっていないという仮説や、薬草を煮る時間が短すぎたといった仮説を立てた。

こんな感じでポーションの作製実習は順調に終えることができた。

思ったより好評で私はほっとする。

「ミレーユ先生。今度、お店に遊びに行きますね」

「あっ、俺も俺も」

「私だって行く」

「よし、みんなで行くぞ」

「でも全員で行ったら迷惑よね。適当に分かれていきましょ」

「そうだな」

「いつにする?」

子供たちはやいのやいのと相談を始めた。盛り上がるのはいいけど、まだ授業中なんだよ。

「さて、じゃあ、みんな。今日はこのへんまでにしようか」

「え、もう終わりですか」

「そうだよ、時間だね。今回は特別講師のミレーユでした。ありがとうございました」

パチパチパチパチ。

また拍手をしてくれる。みんないい子たちだ。

王都の貴族や裕福な家庭の子が通う王立学園で、錬金術を学べるのはとってもいいことだと思う。

将来、錬金術師になってもいいし、ならなくてもこういう雑学はたまに役に立つこともある。

例えば遠征先などで怪我をしてしまったら、薬草を普通の鍋で煮て魔力を注ぐだけでも、ただ薬草を使うよりもずっと効果が高い。

私と同じくらいの年齢だったけど、みんな目をキラキラとさせて、真剣に取り組んでくれた。

上流階級のどんな鼻持ちならない威張りんぼの生徒たちが待ち構えているのか、なんて思って身構えていたけど、全然そんなことなかった。

今回、授業をできてよかったと思う。

◇

依頼では一回ぽっきりの授業だったんだけど、追加依頼が来た。

まずは他のクラスでも同じ授業をして欲しいという依頼。

こちらはほいほいと承諾して、すでに実施済みだ。

私が授業をした一年生は三クラスあって、残りの二クラスにも授業を行った。

その授業を通して分かったのだけど、一年生ではまだ魔力の扱いそのものが下手っぴな人が相当数いるようだった。

それで新しく来た依頼が、魔力制御、魔力感知などの魔法に関する基礎技術についてアドバイスして欲しいというものだ。

少し悩んだけれど、別に悪い依頼ではないので、受けることにした。


ということでまた授業に行くことになった。

今までと同じように、警備のアルバイトを呼んでお店を任せる。

警備で来てくれているお姉さんたちは、普段は冒険者をしているらしい。

警備は悪い人がいなければお店を見てるだけで暇かもしれない。逆に言えば簡単なのにお金を貰えるいい仕事と捉えることもできる。

学園に到着すると、やはりお姉さんの先生たちに掴まった。

「あらぁ、まぁまぁ、こんなところにミレーユちゃんが」

「かわいらしい先生、発見」

今日もコーヒーをごちそうになる。

普段は紅茶のほうが多いかな、うちは。あ、でも夜のリラックスタイムにはコーヒーかも。

砂糖とミルクを入れて甘口にする。お子様舌とか言われても譲れない一線だ。

「甘いコーヒーが好きなんですね、かわいい」

「ええまあ」

「クッキーもありますよ」

もぐもぐ。おいち。

シンプルなクッキーだけど、ほんのり甘くて美味しい。

上にイチゴジャムがのっていてアクセントになっている。

王都ではお茶請けといえば、ほぼクッキーだよね。

何か違う手軽なものも考案したい、などと考えながら食べる。

そうしてまた授業時間になったので、実習室へと案内されて歩いていく。

まだ学校の構造を覚えていないと思われてるみたいだった。

一回歩けば覚えるんだけど、せっかくおもてなししてくれているのを無下にもできないし。

そんなこんなで教室に到着した。

「こんにちは。ミレーユです。前回の初級ポーションの錬成と順序が逆になってしまいましたが、今回は魔力の扱い方をお勉強しましょう」

「「「はーい」」」

「起立、礼。おねがいします」

「はい、お願いしますだよ」

こうして授業が始まる。

「魔力はね、なんというか、こう手の先から出す感覚を掴むのが重要でね」

右から左まで、全員を視界に入れるために、ぐるっと見回す。

「手先から魔力が出てるって分かるかな？」

「分かんなーい」

「私、ちょっと分かる」

「俺も、少しだけ」

「全然、分かんないよ」

「さっぱりです」

と、こんな感じに個人差が大きい。

これはどうしようもないというか、本当にピンキリなのだ。

「じゃあみんな、今日は一時間掛けて、魔力制御をやってみよう」

「「「はーい」」」

できる子はいいのだけど、できない子はどうしようという顔をしていた。

「魔力を出す感覚が分かる子は、分からない子に魔力を流してあげて。魔力が体を伝わる感覚を教えてあげて欲しいんだ」

せっかく学校に集まっているんだし、何事も助け合いだからね。

「先生もやるから、順番に並んでね」

「はいはい、お願いします」

「それじゃあ、手をつなぐから両手を出してごらん」

「はいっ」

最初の子は女の子だ。私と同い年くらい。

手をつないだだけでも緊張しているのが分かる。

「では、魔力を流していきます」

「わっわわ、なんか感じる、すごい！」

「そう、これが魔力なんだよ」

「えええ、何これ」

「すごいでしょ」

「はいっ、こんなの初めて」

つないでいる両手を通して循環するように、ぐるぐると魔力を流してあげるとよろこんだ。

びっくりして目を見開いている。

「どう、できそうかな？　同じようにやればいいんだよ」

「ぐぬぬ。やってみます」

「どうぞ」

「ううううんんん、あっ、こうかな、うん、もうちょっとで」

顔を赤くしてうんうんやっているけれど、魔力はほんのちょっと出てるだけだ。

「もう少しだね。その調子で何回も挑戦してみようか」

「はい」

三回くらい繰り返した。いろいろな顔をしているので、必死にやっているのだろう。

「あっ、どうです？　なんか出てる気がする！」

「そうだね。ちょっと出るようになった。えらい、えらい」

女の子は、出ていると言えるくらいには魔力を出せていた。

若い子は上達が早いよね。まあ、私と同じくらいの歳なんだけど。

こうして何人も手を取って、順番に魔力を流して感覚を教えてあげる。

すると最初は魔力を出せる子はほんの一握りだったのに、クラスの四割くらいの子たちは魔力を出せるようになっていた。

もともと魔力を出せていた子も私に流してもらって、コツをアドバイスした。すると、もっとびゅんびゅん出るようになった子も何人かいる。

そういう子は将来有望だ。

残りの二クラスにも同じように魔力操作の授業をした。いい感じの授業になったんじゃないかなと思う。

王国の未来を担う子たちだから、どんどん成長していってくれるといいね。

# 19章　魔道具師見習いだよ

私はこれまでお店の商品として、いろいろなものを作ってきた。

ポーションといった薬以外にも、収納のリュックや魔道式の懐中時計といった魔道具も作っている。

そんな折、卸す商品の相談のためにホーランド商会へ行ったところ、今までの魔道具作りを見ていたメイラさんからある提案があった。

「ミレーユさん。折り入って相談があるんだ」

「ほえ、なんですか？　メイラさん」

「ホーランドから、魔道具製作の弟子を取ってみないかい」

「え、ふむふむ？」

「ちょうど志願したいという女の子がいてね」

「むむむ」

なるほど。すでに候補がいるのか。

「いいですよ。そういうことなら」

「あぁ、助かる」

シャロちゃんも上級ポーションまで作れるようになったし、最近は魔道具を作るのも楽しくなってきたから、ちょうどよい機会だと思った。


ということで数日後の午前中。

メイラさんに連れられてきたのは、オレンジ髪の女の子だった。

すでにマリーちゃんと同じようなメイド服だ。

まだ緊張しているのか、視線が泳いでいる。

ちょっと照れているようで、ほっぺが赤くなっていた。かわいい。

「エミル・シーランドです。よろしくお願いしマス」

年齢も年中式を終えたばかりで私たちとそう違わないだろう。つまり十三、四歳。

瞳の色は緑色だろうか。エメラルドグリーンで宝石みたいにキラキラした目で見つめてくる。ちょっとこそばゆい。

なんでも実家は木工家具の職人さんらしいのだが、家具ではなく魔道具に興味を持っていて、仕事を探していたらしい。

魔道具製作は魔道具師という人が専門なのだけど、その素材に錬金術が必須だったりするので、魔道具師と錬金術師は親戚みたいなものだったりする。

だからエミルちゃんは錬金術師ではなく、魔道具師を目指しているようだった。

ひとまず住み込みではなく、マリーちゃんのようにうちに通ってきてもらう契約となっている。

「こちらこそ、よろしくね」

「はい、師匠！」

うむ、師匠ね。悪くない響きだ。

「何が作ってみたい？　基本的な魔道コンロとか、これからの時期必要になる懐炉とか。あとは魔道式懐中時計とかもあるね」

「あ、あの！」

「うん？」

「懐中時計、やってみたいデス」

「そっかそか」

「はいデスッ」

元気よく返事をしてくれる。

その表情からは、とてもやる気を感じられる。

新人としてはいい傾向ではないだろうか。

やっぱりやる気って重要だよね。空元気だと困っちゃうけど。

「分かったよ。懐中時計ね」

せっかくなので、私の作ったものを見せてあげよう。ということでポケットからいつも持ち歩いている懐中時計を取り出す。

「これが私が作った完成品だよ」

「うわあああ、すごい」

「まあ、ね」

矯めつ眇めつ舐めまわすように眺めていた。

丁寧な手つきでひっくり返したり、横から見たり、斜めにしてみたり。

それから針と歯車が回転するのをじっと眺める。

「まずは部品作りからだね」

「はいデス、がんばりマス！」

ということで私の指導の下、エミルちゃんとの懐中時計作りが始まった。まずは歯車といった小さな部品から作っていく。

最初に金属部品を削り出すところからやらせてみることにした。

こうした小さな金属部品は、製作中の破損や紛失に備える意味もあり、必要な数よりも多めに作ることになる。

その中で出来の悪いものは捨ててしまう。もったいなくても精度が悪いものは使わないのが重要だ。

「えいしょ、えいしょ」

「そそ、その調子」

もともと手先が器用なのか、思ったよりも全然できる。

うん。いい感じだ。このまま作ればこの部品は普通に使えそうだ。

「じゃあ、もう大丈夫そうだね。私は戻るから。ふふふ、ミレーユ師匠よろしく」

「あっはい、メイラさん。ありがとうございました」

しばらく近くで見守ってくれていたメイラさんを店の前まで見送ってくる。やっぱり自分の紹介で弟子に出すということで、うまくやれるか心配していたみたいだ。

そうして私もポーションの錬成作業に戻る。

たまにエミルちゃんの作業の様子を見つつ、自分の作業もこなしていく。

懐中時計の製作は次回は未定なのに予約がすでに入っていて、次に作ったら優先して欲しいと言われていた。

弟子が作ったものでもいいのだろうか。それなら出せそうだ。

でも心臓部はちょっと修業が必要かな。魔石から魔力を一定値で取り出せるように加工するのはかなり難しい。

エミルちゃんには練習のために心臓部まで作ってもらうとして、商品にするものは私が心臓部を作ったものにしよう。

私がポーションを作っているうちに、次々と部品が出来上がっていった。

エミルちゃんは最初こそ不安そうな顔をしていたけれど、今は好奇心の塊といった表情をしていた。

普通の人ならすぐに飽きてしまいそうな細かい作業も、すいすいとこなしていく。

本当にすごい。

それから毎日、エミルちゃんは時計の製作に取り組んだ。

エミルちゃんは飲み込みが早いし、原理や構造もちゃんと理解している。

分からないときは「分かりません」ってしっかり言ってくれる。

そういうこともちゃんとできる子で、教えているこちらとしては非常に助かる。

もう一回説明して、それで「ふむふむ」と納得(なっとく)してくれるわけだ。

そうやって私やシャロちゃんがポーションを作っている横で、時計製作が進んでいく。

心臓部は、作っているところをエミルちゃんに見せながら私が製作して、二人で組み立て作業に入る。

「ここに、こっちの部品をのせて、次はこれ」

「ふむふむ」

ついに、完成の時になった。

最後の部品を嵌(は)めて裏蓋(うらぶた)を閉じる。

手に収まる絶妙(ぜつみょう)なサイズ感と、ずしりと重い金属の重みがなんだか貫禄(かんろく)すらある。

「師匠、できマシタ！」

「やった！　やりました！」

私とエミルちゃんとで手を取り合ってよろこび合う。

「おめでとう、エミルちゃん！」

「ありがとうございます。いつも心配してくれていて、心強かったデス」

マリーちゃんも近くで作業をしていたので、お祝いしてくれる。

最初はハラハラしながらエミルちゃんの作業を見ていたマリーちゃんも、近頃は落ち着いて見守れるようになったみたいだ。

「エミルちゃん、おめでとうございます！」

「シャロさんもいろいろとありがとうございマシタ」

ポーションの錬成作業を一段落させたシャロちゃんも、同じように声を掛けてくれた。

錬金術と魔道具製作という違いはあれど、兄弟子のような気持ちだったのだろう。自分のことのようによろこんでいた。

「うんうん。よかったねぇ」

「はいデスッ」

出来上がった時計を見てみると、チクタクと時を刻んでいる。

これなら売りに出しても大丈夫かな。

「精度は一日置いて様子を見てみないと分かんないね」

「そうデスよね」

「これは自分で使うといいよ」

「これ、こんなに高いもの、いいんデスか？」

「うん」

「ありがとうございマス！　一生大事にしマス！」

5月の新刊
毎月5日発売

DRAGON NOVELS
ドラゴンノベルス

幻の秘薬を錬成し

王都を救え!!

# 元貧乏エルフの錬金術調薬店2

著：滝川海老郎　イラスト：にもし

王都で開いた錬金術調薬店が軌道に乗ってきたミレーユ。新たに魔道具製作の弟子をとり、女の子四人でお店を切り盛りしていくことに。冬対策の新製品開発をしたり、素材採集も兼ねて登山や温泉旅行に出かけたりと楽しい日々を送る。そんな中、王都で既存のポーションが効かない伝染病が流行りだしてしまう。王都の人々を救うため、ミレーユは世界樹の葉を使った幻の秘薬づくりに挑む！

B6判

KADOKAWA
発行：株式会社KADOKAWA　企画・編集：ゲーム・企画書籍編集部
〒102-8177　東京都千代田区富士見 2-13-3　https://dragon-novels.jp



ドラゴンノベルス6月の

死ぬに死ねない中年狙撃魔術師
星野純三　イラスト：布施龍太

辺境モブ貴族のウチに嫁いできた悪役令嬢が、めちゃくちゃできる良い嫁なんだが？2
著：tera　イラスト：徹田

書籍の最新情報はこちらをチェック!!
ドラゴンノベルス公式HP
https://dragon-novels.jp

ということで懐中時計の試作一号はエミルちゃんのものとなった。

うれしそうに眺めたり、撫でたりしていた。

ポムもそれを見てポンポンしている。

ポムは人見知りしていたのかエミルちゃんのことをちょっと離れて見ていたけれど、この数日のうちにだいぶ仲良くなったようだ。

今ではよく隣に並んで作業を観察している。

ポムも器用だから、いつか魔道具製作の作業を手伝えるようになるかもしれない。

「ポムもありがとう！」

「きゅぅきゅぅ」

パチパチパチ。

みんなで拍手をしてお祝いをした。

これでエミルちゃんも、ミレーユ錬金術調薬店に正式に仲間入りしたと言ってもいいだろう。これからも仲良く魔道具を作っていきたい。

◇

また王立学園から依頼が来ていた。届いた依頼の手紙を読む。

「ふむ、錬金術クラブのお誘いか」

「ミレーユ先生、なんですか、それ？」

「えっとね、シャロちゃん。王立学園のクラブ活動だって。私にも講師として参加して欲しいみたいで」

「あっそっか、そういうのもあるんですね」

「うん」

王立学園の先生は生徒への授業以外に、専門分野の研究活動も行っている。

そうした同じ分野の研究を行う団体をクラブと呼び、学園には様々なクラブが存在する。

クラブには学園の生徒も所属でき、先生の研究活動のお手伝いをするんだそうだ。

錬金術クラブは魔法薬であるポーションと魔道具の研究をするクラブらしい。

それで衰退気味の王都の錬金術よりも、私の「最先端」の錬金術を研究したいのだそうだ。実際は「大昔」の錬金術なんだけどね。

「まあ、秘匿する必要はないもんね」

「そうですねぇ」

シャロちゃんはのんびりと返事をする。

「参加してみよっか」

「それがいいと思います」

「他人事みたいだけど、シャロちゃんも参加するんだからね」

「え、そうなんですか？」

「うん」

「あ、はい。頑張りります」

二人一緒に店を抜けるのはちょっと困ると思うので、交代で参加することになるかな。


そういうことでまた学園にとぼとぼ歩いていく。

時間は夕方ちょっと前くらい。

クラブ活動は放課後にすることになっている。授業時間を使うことはあまりないみたい。

王立学園に到着していつものように職員室に行く。

「錬金術クラブの講師をしています。エルベルト・フォン・バスティアです」

四十歳くらいのおじさん先生だった。

顔は一応、ジェントルマン風なのだろうか。今は頬を緩めてうれしそうにしているけど。

「ミレーユ・バリスタットです」

「ご丁寧にどうも。噂はかねがね伺っております。依頼を引き受けてくださり、ありがとうございます」

「あはぁ」

研究室があるというので、まずはそこに二人で移動した。

研究室は学校の建物の端っこの方にあった。いくつかの小さい部屋が並んでいるうちの一室だ。

研究室でエルベルト先生から講師の依頼についての説明を受ける。

基本的にはエルベルト先生の研究のお手伝いということで、まずは私の錬金術について知りたいということだった。

また定期的に研究室を訪れて、ポーションや魔道具の研究のアドバイスをして欲しいようだ。

クラブではポーションや魔道具の改良といった研究をしているみたいだけど、ここのところはあまり進んでいないそうで、私にいろいろ聞いてみたいという。

「まずは低級ポーションの改良型について聞かせてください。これについては以前、王都の錬金術師たちに素材の情報が開示されていますね」

エルベルト先生が何やら書類を見ながら聞いてくる。

「ミルル草の実を使うということですね」

「そうです」

もっと言うと薬草の種類はモリス草よりも、本当はサエリナ草のほうが適してるとされる。

少なくともハシユリ村ではそう伝わっている。

サエリナ草のほうが魔力が濃い土地が好きなので、その関係かもしれない。

でもサエリナ草は、この王都辺りでは栽培されていない。

王都周辺の魔素が薄いという話は前にメイラさんとしたと思う。

そのことをエルベルト先生に伝える。

「サエリナ草ですか。王都周辺に少しだけ自生しているんだったかな?」

「そうなんですね」

私も知らなかった。この辺には生えていないのかと思っていた。さすが、王都の研究者だ。

「サエリナ草のほうがポーションの効果が高くなるというのは、確かめてみる必要がありますね」

「両方のポーションを同時に作って、比較してみたほうがいいかもしれません」

「それはいい考えです、ミレーユ先生。今度サエリナ草を手に入れたらやってみましょう」

「ええ、ぜひ」

エルベルト先生はうれしそうにメモを取っていた。研究が大好きなのかもしれない。

「それから中級ポーションについても素材の情報開示をされていましたね。なんでもルーフラ草とボブベリーを使うのが適しているとか」

「そうです、そうです」

エルベルト先生は材料棚の中からルーフラ草とボブベリーを取り出して、机に並べてくれる。ただあくまで研究用のストックのようなので、少々古くて品質はあまりよくなさそうだ。

「今日はとりあえず、ミレーユ先生が実際に作るところを私も見てみたいです」

「分かりました」

事前に連絡を受けていたので、マイ錬金釜をせこせこと持ってきていた。それを使って中級ポーションを錬成する。

普段通りの工程で、錬成を進めていく。

「ねーるねるねる、ねるねるるね」

いつものように錬金釜に手をかざして魔力を練る。

「その、ねるねるねというのは」

「ただの掛け声ですね。これがないといまいち、うまくいかないというか」

「ふむ、必ず必要というわけではないのですね」

これを他人に見せるの恥(は)ずかしいんだよね。

でも小さいころからの癖(くせ)なのだ。

おばあちゃんが教えてくれた、秘密のおまじないみたいなものだ。

中級ポーションが出来上がると、エルベルト先生はいろんな角度から眺めながら、棚にしまった。

色などを観察しているのだろう。

あとで実験して効果を調べるようだ。


「魔道具もいろいろありますよね」

「そうですね、魔道具の研究もしていますので」

研究室の隅(すみ)には、様々な魔道具が置かれていた。

というか放置されているに近い。

「送風機とか」

「はい、かなり古いものですが」

「あれは……なんだろう、かき氷器ですかね」

「おお、よくご存じですね」

私が指差して名前を挙げると、エルベルト先生が同意してくれる。

調べてみたら掘り出し物や、面白い技術が使われているものがあるかもしれない。

ふむ、これはなかなか研究し甲斐がありそうだし、エルベルト先生に調べさせてもらえるようにお願いしてみよう。

エミルちゃんにも来てもらったら、よろこんで調べてくれそうだ。

ふむふむ、やることはいっぱいだ。

まずは私の知っている錬金術の伝授や、モリス草とサエリナ草で作ったポーションの効果の比較、それから魔道具について調べるというだけでとても時間が掛かりそう。

これは当分は研究室に通う必要がありそうだ。

まずはこの乱雑に置かれた魔道具の整理整頓を誰かにやって欲しい。

ただ変な道具も混ざってそうだし、私がやるしかないかもしれない。

これだけ大量にあると、少しずつ進めても先は長そうだ。

未来の自分を想像して、心の中でそっと腕まくりをした。

## 20章　冬の魔道具と粉スープだよ

エミルちゃんも来てくれたことだし、魔道具の商品を増やそうと思う。

「ふっふっふ、今回は種火の魔道具を作ろうと思います！」

「お役立ちアイテムな気がします！」

私が新商品の宣言をすると、マリーちゃんがいち早く反応した。

家事を担当しているだけあって、その有用性に気付いたようだ。

火をつけるとき、王都では「火打ち石セット」を主に使用している。

火打ち石セットは、火打ち石、火打ち金、火口の三つで構成されている。

火打ち石は単に割れにくい硬い石。

火打ち金は鉄でできていて、火打ち石を打ち付けると火花が散る。

そしてその火花を火種にするための、燃えやすい綿みたいなものが火口と呼ばれる。

この火花を火口に燃え移らせて火を大きくする作業が、それなりに面倒くさい。

私は錬金術師であると同時に、魔術師でもあるので、魔法で火をつけることもできる。

しかし一般市民でこうした魔法を使える人は、かなり限られているらしい。

そこで登場するのが種火の魔道具なのだ。

これは魔道具の棒にほんのちょっと魔力を通すと、装着されている魔石の魔力によって先端から小さな火が出る。

「こうして、こうして、うんしょ」

魔力を通すことができる特殊なインクで鉄の棒に魔法陣を刻み込み、火属性の魔石をはめ込む。

木の持ち手を付ければ、ほら完成。

そうしてできたのが「魔道マッチ」と呼ばれるものだ。

実はこれ、戦闘用の「ファイア・ボールの魔法杖」と基本原理は全く同じだ。

ファイア・ボールの魔法杖は魔力を通して相手に向けると、大きな火の玉が飛んでいくというもの。

魔術師でなくても魔法が使える優れモノだ。

マッチのほうは火がすごく小さいため、消費魔力が小さくて魔法杖よりも使用回数が大幅に多いが、構造自体は一緒だ。

「ほら、ここで魔力を流せば」

ぼっ。

先っぽから小さな炎が出る。

「へぇえ、面白いですね、ミレーユさん」

「これなら手軽でいいですね」

うちの家事はマリーちゃんとシャロちゃんが担当しているので、この二人に実際に使って試してもらうことにした。

ということで数日の間、お風呂や暖炉などで使ってもらったので、感想を聞いてみる。

「悪くないですね。火打ち石って使うときに結構力がいるので、これは楽ちんです」

「ふむふむ」

「ふーふーする必要もなくて、すぐ火がついて便利です。さすが先生」

「なるへそ」

実際に使ってもらった二人の貴重な意見だ。評価は悪くないようだ。

これなら少し量産して、店に置いてみよう。

細かい仕様などは、一緒に量産作業をするエミルちゃんと相談して決める必要がある。

エミルちゃんにも魔道マッチのことを改めて説明して、量産の準備をする。

じわじわ売れていくようなものだと思うので、すぐ売れなくてもいいからある程度の数を作ってしまおう。量産したほうが安くできるので。

こうして翌日、ホーランド商業ギルド経由で、木の枝、小粒の火属性魔石、それから鉄を買い集めた。

鉄を溶かして、既定の大きさに成型しなおすのは、銀の鏡を作ったときの工程と同じだ。携帯錬金炉が使えさえすれば、型を取って並べていくだけでできる。

こうして鉄の棒を量産する。

それができたら次々に魔法陣をペンで描き入れていく。そして魔石を嵌める。

取っ手の加工はエミルちゃんに任せて、最後に組み合わせるだけだ。

こうしてエミルちゃんと協力して、四十個くらいの魔道マッチを作った。


出来上がった魔道マッチを、さっそく午後から売り出す。

「いらっしゃいませ」

扉の前にある板を「オープン」にひっくり返し、常連さんや冒険者に挨拶を返す。

「本日、魔道マッチ、新発売です。いかがでしょうか。火をつける魔道具ですよ」

「ほほう」

開店時間に冒険者の人が、たまたま来てくれていた。

冒険者は日によって活動時間がまちまちだ。

「ああ、俺、火属性の適性からっきしでさ。水は出せるんだけど、火をつけるの面倒なんだよね」

「なるほど」

「これいいね、ください」

さっそく魔道マッチが売れた。

他にも近所の人、メイドさんなどに、そこそこの数が売れていった。

新商品にしては売り上げは上々だろう。

「私、魔力を流すのも難しくて……。これ便利そうだけど私には使えないかも」

「そっか、それは残念」

二十人に一人くらいの割合で、こうした魔力を流すことができない人がいる。

そういう人でも魔力自体は持っているので、自動で魔力を吸い上げてくれる魔道具は使えるが、こうしたスイッチ式で自ら魔力を流す必要があるものは使えないのだった。

うーん、残念。

お値段は銀貨五枚。魔石が使われているのと鉄の加工品というのもあってちょっと高い。

でも魔石を取り換えればずっと使えるから、コスパは悪くない。

それに何より火打ち石で火をつける手間を考えると、圧倒的に便利なのだ。

ホーランド経由で売ってもらったものは、旅の行商人に人気だそうだ。

旅では当然、野営になることもあるが、火をつけるのはそれなりに苦労する。

火口は消耗品だし、火打ち石も一応ではあるが消耗品だ。

長旅で火口を大量に持ち歩くと結構かさばる。

もちろんその辺の植物などで現地調達できなくもないが、探していたら時間も掛かる。

魔道マッチも消耗品だけど、予備の魔石を持っていれば自分で交換することができるので、使い勝手はずっといいだろう。

なんやかんやで魔道マッチは、その後も毎日ちょっとずつ売れている。

こうして錬金術店の定番商品の仲間入りをするのだった。

◇

懐炉、または湯たんぽというものはご存じだろう。どちらも冷えた体を温めてくれるグッズだ。

もうすぐこれらが役に立つ冬がやってくる、王都はハシユリ村よりも寒い。

雪が降るほどではないにせよ、気温は一桁まで下がるらしい。

そんな寒い夜には湯たんぽと一緒に寝たくなるけど、夜に湯を沸かして湯たんぽを作るのは、ちょっと面倒ではないだろうか。

また湯たんぽは大きさや重さも結構あるので、昼間に持ち運んで使うというのは難しい。

そういうときに使うのが懐炉だ。よく使われるのは石を温めたもので「温石」ともいう。

石を火で加熱するんだけど、加減が難しい。

温めるのも面倒だし、朝一番からは使えない。

ちなみにお店には床下暖房がある。王都の住宅には一般的な設備だ。

半地下に暖炉があって、その煙突のパイプが床下に埋め込まれて巡っている。

ただし、燃料の薪が結構必要で、こちらも朝一番は寒い。

「じゃじゃーん、そこで魔道式懐炉です」

「「「おーお」」」

私が試作品の魔道式懐炉を取り出して三人に見せると、感心してくれる。

「わたし、冷え性なのでうれしいです」

「そっかあ」

マリーちゃんも冬には困っているようだ。

「寒いのは苦手だからワタシも懐炉はありがたいです」

こちらはシャロちゃん。

やっぱり冬は女の子の天敵だ。

「エミルちゃん、ということでこれを量産しよう」

「はいデス、師匠」

エミルちゃんはビシッと手を挙げて返事をしてくれる。やる気は十分なようだ。

うんうん。持つべきものは立派な弟子だね。

ということで魔道具の心臓部、魔石の加工をしようね。

魔道式懐炉の構造は意外と簡単だ。

人間の魔力および魔石に蓄積された魔力を使って温める。

火属性の適性がない人でも、自分の魔力を変換して熱を得ることができる仕組みになっている。

しかし持っている魔力が少ない人は、長時間使おうとすると魔力が枯渇してしまう危険性がある。

だから二種類の商品ラインナップがある。

一つは半分くらいは自分の魔力を使い、もう半分は内蔵されている魔石の魔力で温めるタイプ。

もう一つは人間からほんのちょっと魔力を吸収すると、それを呼び水にして魔石の魔力を使って温めるタイプ。

前者は必要な魔力の半分は自分の魔力でまかなっているので、使う魔石が小さくて済み、値段と魔石交換のランニングコストも半分で済む。

後者は魔石の力に頼っているので、燃費が悪い。

庶民でもそこそこの量の魔力を持っている人は結構いる。ただ魔法を習っていないので使えないなんていう宝の持ち腐れの人が多いので、そういう人が自分の魔力をたくさん使う魔道具を買っていく。

そういう理由でどちらの魔道式懐炉も需要があるので、両方売るのだ。


「いらっしゃいませ」

「懐炉、懐炉、魔道式懐炉いかがでしょうか」

後日、さっそく作った魔道式懐炉を陳列して、売り込みをしてみる。

最近は魔道具の販売に力を入れているから、それを目当てに来てくれるお客さんも多くなった。

「この魔道式懐炉、軽くて小さくていいね。一つください」

「ありがとうございます」

自分の魔力をたくさん使うタイプは銀貨四枚、魔石の魔力がメインのタイプは銀貨六枚のお値段です。

魔道式懐炉なら軽いから昼間の携帯性も抜群だ。

湯たんぽみたいに間違って水をこぼしたりしないし、長時間使える。

「はい。温度もそこまで熱くならなくて、快適ですよ」

お金を受け取り、商品を渡す。このお客さんは半分は自分の魔力を使うタイプを買ってくれた。

「ほほーん。いいねえ」

湯たんぽはお湯を入れた直後は熱くて布でくるんだりする必要があるけど、魔道式懐炉は必須ではない。長時間使うことが多いから、布でくるんだほうが低温やけどの対策になったりはする。

「こちらも一緒にどうでしょうか。エアコンの魔道具です。周囲に空気のバリアを張り、寒さや暑さをはじきます」

「んんん、でも、お値段がね」

「そ、そうですね」

えへへ。ついでとばかりに数個だけエアコンの魔道具を作った。

これは防御魔法の応用品だ。

正直に言えば、魔力をかなり消費するため、燃費が非常に悪いし、値段も高い。

まああれだな、お貴族様用だ。馬車とかに設置するとよい。あとこれは夏も使える。

お値段は、あ、うん。金貨十五枚。

装置は十センチ角くらいで、高価な大粒の風属性魔石が六個取り付けられている。

これで一週間の連続運転ができる。

人間が手をかざして装置に魔力を供給できるなら、魔石を交換しなくても使えないこともないけど、魔力量が多い人でないと無理だと思う。

この装置を使えるくらい魔力が多い人は十五人に一人ぐらいかな、たぶん。

そうでない人は予備の魔石を持ち歩く必要があるが、大粒の魔石は高いのだ。

こっちは完全に趣味だね、あはは。


「ホットポーションもはじめました」

私から続けて新商品の宣伝をする。

錬金術店であるからして、本業のポーションも新作がある。

体内の魔力を使って体を内側から温めてくれる優れ物、ホットポーションだ。

これを飲むとすぐにポカポカしてきて、それが五時間くらい継続する。

懐炉は触れている部分しか温かくないけど、これなら全身温まる。

冒険者や外仕事の人におすすめです。

ただポーションは使い切りだから、コスパはあんまりよくない。

それでも寒さは体を思うように動かなくするので、冒険者やハンターにとっては命取りだ。

背に腹は代えられないので、需要は結構あるはずだ。一つ銀貨二枚です。

ホットポーション三つで懐炉一つ分のお値段と考えると、やっぱり懐炉のほうがお得かなと思う。

懐炉はそれなりに長時間使えるし、コストパフォーマンスは高いので、庶民の方は是非この機会にご活用を。

あったかポカポカ、携帯用魔道式懐炉だよ。お値段銀貨六枚。

魔道具としては安いと思うよ。おひとつ、どうですか。

◇

寒い冬にはお風呂も欠かせない。ということで次はお風呂の時に使う魔道具を作ろうと思います。

お湯を沸かすのは普通に薪ストーブ式なんだけどね。

お風呂に入ったら髪も洗うじゃないですか。それで頭を乾かすときにタオルで拭くのも、女性は髪の毛が長くて大変だよね。特に冬場は寒いから、髪がなかなか乾かなくて風邪を引いちゃう、なんてこともある。

ということで「魔道ドライヤー」です。

魔力で温風を発生させて、髪を乾かすための魔道具だ。

魔道ドライヤー自体は既製品としてあるし、王都でも売っている。ただちょっと無骨なデザインで大形なものが多いから、女の子にはちょっと使いづらいんだよね。

だからうちで作るドライヤーはできるだけ小形化しようと思っている。それだけでも既製品と比べてかなり便利になるし、女性の需要も多いんじゃないかなと思う。

懐中時計のように、魔石から運動エネルギーを取り出して回転する装置にプロペラを組み合わせて、送風機部分を作る。

この先に風を温める魔道具を作る。温める部分は魔道コンロや魔道式懐炉とほとんど同じ仕組みだね。

つまり構造としては今まで作ったものを組み合わせただけでできるんだ。

「こうして、こうして、うんしょ」

「あ、またミレーユさん、何か作ってる」

「先生、今日は何ですか」

「えへへ、今日はドライヤー」

「ドライヤーって髪を乾かすやつですよね」

ということでマリーちゃんとシャロちゃんに、かくかくしかじかと説明をした。

大きさも重さも十分に、持ち運びができるコンパクトさになっている。

片手で持って、もう片方の手で髪の毛をわしわしして使うことができる。

うむ、なかなかよい出来ではないでしょうか。

なんというか太い魔法銃のようなものができた。

魔法銃というのは魔道具の銃で、ファイア・アローみたいな炎の弾が飛んでいくものだ。

「いらっしゃいませ、新製品、ドライヤーでーす」

「どれどれ」

お店に置いてみると、お姉さんたちがドライヤーにさっそく関心を寄せてくれた。

人数は少ないけど貴族の家の人とかもいるので、お風呂には入る習慣がある。

「これ、とってもいいですね」

「軽くて使いやすいです」

とまあ試運転をさせてみると好評でした。


夜、お店を閉めて、ご飯を食べた。さて次はお風呂だ。

「ドライヤーのおかげで、寒い季節もお風呂に入るのが嫌(いや)になりませんね」

「すぐ髪を乾かせるもんね」

ということでシャロちゃんと一緒にお風呂に入る。

うん、今日もいい湯だ。気温が低いせいで顔だけ寒いけど。

「ずっと浸(つ)かっていたい」

「そうですね。でものぼせてしまいますね」

「そうだね、そろそろ出よっか」

「はい」

湯船から上がって、タオルで水気を拭き取って服を着る。さぁ、ドライヤーの出番だ。

「わぁぁ、暖かい風くるぅ」

魔道ドライヤーを使って、シャロちゃんのピンク髪をぶわあああとやる。

ほーれほれほれ、さぁ乾かすのだよ。少しの時間温風に当てると、シャロちゃんの長い髪も、あっという間に乾いた。

続いて自分の髪の毛もドライヤーで乾かした。

私はシャロちゃんより髪が短いので、すぐに乾いて、楽ちんだ。

ということで自分で使ってもかなり便利な道具「魔道ドライヤー」でした。

ちなみにこの魔道ドライヤーは宣伝のために銭湯に売り込んで、設置してもらった。

銭湯の利用者からはかなり好評なようで、話を聞きつけた貴族の家とかからちょくちょく注文が入る程度には売れているよ。

次は「炬燵(こたつ)」という話も出てるけれど、どうしようか。

あれ一度入ると出れなくなって困るんだよね……。

さぁて、次は何を作ろうか。

◇

こうして冬に役立つ様々な魔道具の生産をしつつ、ポーションを作る日々を送る。

「そうそう、エミルちゃん。粉末製造機が欲(ほ)しいんだよ」

寒くなってから毎日スープの下ごしらえをするシャロちゃんが大変そうだから、この魔道具があれば少し楽になると思うんだ。

「それはなんデスか？」

「えっと食べ物とかを乾燥(かんそう)して粉にする機械かな？　一般向けというよりは業務用になりそうだけ

ど」

「師匠、面白そうな機械デス。作ってみたいデス」

「うんうん、じゃあ一緒に作ろうね、エミルちゃん」

「はいデスッ」

ということで粉末製造機をエミルちゃんに教えながら作ってみることになった。

まずは木の外枠（そとわく）から順々に作る。図面を引いてそれをもとに加工していく。

なかなかエミルちゃんの動きも様になってきた。てきぱきと作業をするのを眺（なが）める。

粉末製造機は上から材料を入れるとそれを粗（あら）く粉砕（ふんさい）したあと、ドライヤーみたいな原理で熱を加えて乾燥させ、最後に粉状になるまで細かく砕（くだ）く。

その工程を一度にすることができる。

例えば生ハーブを入れると、しばらくしてからドライタイプのハーブティーの茶葉が下から出てくるといった感じ。

使いようによってはかなり便利な魔道具だ。

似た装置は実家にあったので、それを思い出しながら二人で粉末製造機を完成させることができた。

実際に何かを粉にしてみないと性能は分からないので、さっそくテストしてみることにする。

私が台所からトマトを用意して、作業場へ戻（もど）ってくる。

シャロちゃんたちにも集まってもらい、みんなにも粉末製造機の働きを見てもらう。

「それでね、ここにトマトを刻んだものがあるでしょ」

「はい」

「塩を少々、あと胡椒も入れて、ほい」

刻んだトマトを粉末製造機に投入する。

待つこと数分、下から赤い粉末のトマトが出てきた。

「これをお湯で溶かすと、じゃじゃーん。なんちゃってトマトスープ」

「こうやって使うんデスネ、なるほど」

エミルちゃんには原理を説明してあったけど、実際に動いているところを興味深そうに眺めていた。

「そうなんだよ。これは粉末スープ製造機にもなるんだ。次、ジャガイモとタマネギのスープ」

今度は白い粉末が出てくる。お湯で溶かすとほら、ジャガイモのポタージュスープになった。

あとはトウモロコシのコーンスープとかもできるね。他にはカボチャスープ、ホウレンソウスープとか、応用はいろいろだ。

「わわっ、これはびっくりしました。すごいですね」

「先生はポーションだけじゃなくてどんな魔道具も作っちゃうんですね」

「さすがアタシの師匠デス！」

私は三人に褒められて、満更でもない顔でドヤってしまう。

「シャロちゃんもスープの下ごしらえは大変だと思いまして」

「先生、ありがとうございます！」

「なるほど、私も弟たちにスープを作るときにも便利そうです」

えへへ。こんなに大好評ならもっと早く作っておけばよかった。

スープ一つでも毎朝大変だもんね。これさえあれば簡単「粉スープ」の出来上がり。

「エミルちゃんと一緒に作ったから、実際には二人の努力の結晶だよ」

「なるほど。エミルちゃんも頑張りました！」

マリーちゃんがエミルちゃんを褒めると、エミルちゃんもテレテレし出す。

外は寒くなってきたけれど、ここには温かい空気が流れていた。


ジャガイモ粉末に少量のお湯を注いで練れば、マッシュポテト風のものもすぐにできる。

刻んだハーブを添えればそれで一品できるだろう。

変わりどころとしてはお肉の粉末化もやってみた。

ミートスープみたいなものができるかなって。

それにジャガイモのポタージュと合わせてみたり、といろいろ試行錯誤してみる。

これなら外泊中にも便利ではなかろうか。

ちょっとお値段が張るけれどお湯の出る魔道ポットを持っていけば、お湯を注ぐだけで簡単に料理ができる。こんなに簡単なものはない。

ある意味では野外料理の革命だけれど、なぜかあんまり普及（ふきゅう）していないんだよね。不思議だね。ハシユリ村ではうちの錬金術店でこの粉の簡易料理を売っていたんだけど、村の外では全然見かけないという。

馬車で旅をしているときも普通に薪でお湯を沸かしていたし、料理も材料を切ってお湯に入れて普通にスープを作っていた。

料理自体は美味（おい）しいけれど、大変じゃないのかな、とは思っていたんだよ。

粉末製造機を使って、シャロちゃんが毎朝、いろいろなスープを作ってくれるようになった。

忙（いそが）しい朝の支度（したく）の時短になり、楽になったとシャロちゃんもよろこんでくれているよ。

ということで、冬ならではの魔道具をいくつか作った。たくさん売れてみんなが温かく暮らしてくれるといいね。

# 閑話　エミルちゃんと魔道具の話

エミルちゃんは弟子になったばかりだという割には、なんでもそつなくこなす。

私たちの一歳年下だ。

手先が器用で魔道具にも興味があったと言っていて、木材や金属加工の基礎はかなり身についていた。

だから説明するにしても飲み込みが早い。

とても優秀で頼れる弟子だ。

今日の午前中は私も魔道具の製作作業をしつつ、エミルちゃんと会話を交わす。

「エミルちゃんの実家って、木工家具店なんだよね？」

「はい、両親ともに家具作りの仕事をしてマス」

私の質問に答えるエミルちゃんはどこかうれしそうだ。

両親の仕事にも愛着があるのだろう。

「立派なお仕事だよね」

エミルちゃんがノコギリやヤスリといった工具を扱うのが手馴れている理由はここにあった。

小さいころからお店を手伝っていたんだそうだ。

木工家具店は文字通り、木製の家具を作って売るお店だ。といっても家具に使う釘や蝶番などもお店で用意して金属の加工まですることが多い。

簡単な木製の家具であれば、設計から作製まで一通りはできるとエミルちゃんは話していた。

「両親は田舎(いなか)出身でして、訛(なま)りがあるんデスけど、アタシにも移っちゃってマスよね」

「え、あ、うん」

ハシユリ村も田舎だけど、私たちの祖先は王都から移り住んだ人々だという話で、訛りはあまりない。

エミルちゃんのデス、マスに独特のイントネーションがあるなとは思っていたけど、そういうことか。

「どうデス。アタシ、やっぱり訛ってマスか？」

「これはこれでかわいいので私は全然ありだと思うよ」

「そうデスか、ありがとうございマス」

ふふふと近くで作業していたマリーちゃん、シャロちゃんと一緒(いっしょ)に笑う。

エミルちゃんは明るくてとってもいい子だ。

「それで実家では、魔道コンロにするための木箱を作ることが多いんデス」

「ほむほむ」

魔道コンロはタイプによっては木箱を加工して魔石や回路を組み込むのだけど、その際に木箱は外注にしていることがあるのだ。

「だから魔道コンロに興味を持って、そこから魔道具ってすごいなって思うようになってっていう感じデス」

「それで魔道具かぁ」

「はいデス」

キラキラした瞳で私を見つめてくる。

明らかに憧れの視線を感じて私もたじたじだ。

「世の中を魔道具で便利にしていきたいデス」

「そうだね」

「もっともっと魔道具が普及して欲しいデス。そのためにいろんな魔道具を作れるようになりたいんデス」

「うんうん、分かるぅ」

私も完全に同意見だ。

魔道具が人間の苦労していることを少しでも肩代わりして、楽な生活ができればどれだけいいか。

魔道コンロは火を熾す必要がないから薪割りといった雑務から解放してくれるし、洗濯の魔道具があれば洗濯板を使って手洗いをするという重労働から解放される。

もっと便利な道具に頼っていいと思う。

みんなで魔道具を活用して豊かな生活をしたい。

「ミレーユ師匠は、いろいろ作れてすごいデス」

「えへへ」

別に私はすごくないけどね。これもそれも先人たちの知恵の結晶だ。

歴史に魔道具あり。魔道具に歴史あり。

ポーションもそうだけど、人類ってのはそうやって叡智を積み重ねて頑張ってきたのだ。

実はそれもこれもエルフが関与していると言われているので、末裔としては鼻が高い。

「そういえば、師匠。質問がありマス」

「なんだい、エミルちゃん」

「懐中時計のこの部分なんデスけど」

エミルちゃんが机に図面を広げて、指で気になる箇所を示してくれる。ふむふむ、魔力から運動エネルギーを取り出すところが分からないのか。

エミルちゃんは魔道具の構造で気になるところがあると、逐一質問してくれる。

私が教えながら作った魔道具に対してでも、あとから構造を分析して、どういう原理なのか調べたりと探求心がすごいのだ。

そうしたエミルちゃんの研究熱心な面は、この間の粉末製造機の製作の際にも役立った。

彼女は私がざっくりと仕組みやイメージを伝えただけで、設計図を引いて製作に入っていった。

ドライヤーの魔道具が熱を生み出す原理も理解していたので、その応用である粉末製造機の乾燥部分もきちんと設計することができていた。

ただ、繊細な調整が要求される難易度の高い作業についてはまだ修業中だ。

ドライヤーくらいだと少しくらい出力に差があっても問題ないけど、少しのずれも許されない時計はそうはいかない。魔道式懐中時計の核の調整はとても難しいので、師匠である私が手伝っている。

エミルちゃんはこの魔道式懐中時計に特に興味があるみたいで、時間さえあれば作る練習をしている。

あの細かい作業、得意な人と苦手な人で分かれるんだよね。

私はちょっと好きだけど、ずっと長くはやってられない。

いつも時計と格闘しているエミルちゃんは本当にすごい。

「エミルちゃん、時計好き？」

「はいデス。この正確な設計が、正しい時間を生み出しているんデスよね」

エミルちゃんが懐中時計の図面を指でなぞりながら言う。その瞳は真剣そのもので、じっと核である心臓部の設計を見つめている。

「そうだね」

「魔道式懐中時計は、長年の錬金術師や技術者の粋を集めた結晶なんデス」

「うんうん。そうなんだよ」

「はやく心臓部を作れるくらいになりたいデス」

「それは、もうちょっと練習しないとだね」

「はいっ、頑張って練習しマス」

ガッツポーズをするエミルちゃん。ちなみに心臓部の作業には微細な魔力の制御も必要だ。ということで。

「ね～るねるね、ねるねるね」

「ね～るねるね、ねるねるね」

魔力をこねるという意味では一緒なので、シャロちゃんと一緒にねるねるねもやらせている。

この動き自体はポーション作りのためにあるのだけど、魔力制御のいい練習になるのだ。

懐中時計以外にも魔道具を作る際には魔力を扱うことが多いので、魔力制御の練習はいろいろなところで役に立つだろう。

エミルちゃんの作業は丁寧で早い。

世の中にはいろいろな人がいる。早いけれど雑という子も多い。

そういう意味では、エミルちゃんは魔道具師に向いている。

間違いない。

粉末製造機だって、エミルちゃんでなければあんなにすぐには形にできなかっただろう。誇っていいことだ。

粉末製造機は、今は作業部屋の隅にどでんと置かれている。

エミルちゃんはそれをことあるごとに布巾で拭いたりと、キラキラした目で甲斐甲斐しく保守していた。

それだけ魔道具を作るということが好きで、楽しいんだろう。

目標や憧れというものは、時にすごいパワーを発揮することがある。

鍛錬(たんれん)には精神的な頑張りも必要で、憧れみたいな強い気持ちはとってもプラスに働く。

きっとエミルちゃんは将来、いい魔道具師になるだろう。

これからも一緒に頑張っていこうね。

# 21章　温泉旅行と硫黄だよ

「さてさて、寒くなってきましたね」

「はい、ミレーユさん」

「ということで、みんなで温泉旅行とかどうでしょう」

「いいですね！」

そんな感じでとんとん拍子で決まり、お店を閉めて旅行に行くことになった。

ポーションなどの製造は、前倒しで作っておけるものは用意しておいて、それ以外のものはシャロちゃんちなど他の錬金術店に回している。

錬金術店はなかなかまとまった休みが取れないので、持ち回りでお休みを取っているのだった。

それで今回は私たちの番ってわけ。

「エミルちゃんとも仲良くなろう！　温泉ツアーだよ」

パチパチパチ。

さてさて今回はですね。本格的に移動するので馬車を借りてきました。

四人乗りの馬車でちょうどいいですね。

いや、一人御者が必要なので、五人まで乗れるね。ポムを入れればちょうどだね。

ということで、ちょびっと旅の経験もある私が御者をすることになった。馬の扱いにも慣れたものだ。田舎出身だからね。

「それでは荷物はいいですか！」

「「いいです！」」

「忘れ物はないですか！」

「「大丈夫です！」」

私が号令を出すとみんなで応えてくれる。

「出発！」

「きゅぅきゅぅ」

ポムも挨拶してくれて、それでは出発進行。

馬車がミレーユ錬金術調薬店前からゆっくりと動き出し、滑らかに移動していく。

町の中を馬車で颯爽と進む。

「馬車で王都の中を通るの、ちょっと楽しいよね」

「そうですね、ミレーユさん」

「ふふふ、二人とも楽しそうです」

シャロちゃんにちょっと笑われた。

大きな錬金術店の娘であるシャロちゃんは、たまに馬車に乗る機会でもあったのだろう。無邪気にはしゃぐ私たちより余裕たっぷりみたいだった。

城門を通り抜け、王都から街道に出る。しばらくは王都平原を道なりに進んでいく。

馬車は歩くよりずっと速い。平原を流れる川の上流側へと進んでいく。

途中で小休止を挟んだ。

馬車を小川が流れている道の脇へ寄せて停める。街道にはところどころにこういう小休止用の馬車の退避スペースがあるのだ。

「ふう、クッキーでも食べます？」

「食べる、食べる。ミレーユさん、ください」

「はい、マリーちゃん。みんなもどうぞ」

家から用意してきたクッキーを食べる。

もちろんポムも大きな口を開いてパクリと食べるものだから、みんなで笑う。

そのままお昼休憩にする。

粉スープ、ビーフジャーキーなどの簡易料理でささっと済ませてしまう。

こんな手軽なんて、知らない人が見たらびっくりしそうだ。

「美味しいデス！　師匠」

「お、おう、よかった、よかった」

そう言いながらエミルちゃんが抱きついてくる。

エミルちゃんは最初の印象より積極的なタイプだったので、私はタジタジだ。

エミルちゃんの頭をぐりぐりしてやると、うれしそうに笑った。

「これならお昼の支度も簡単で楽ちんですね」

お店ではお昼の料理番をしているマリーちゃんにも好評だ。

移動を再開して、野山や林の間の道をのんびり進んでいく。

「ピーヒョロロ」

「な、なんデスか？　師匠」

「これはトンビだね。鳥さん」

「はぁ、なんだ、びっくりしマシタ」

「あれそう？　王都にもいるよね？」

「そうなんデスか、ふぅ」

いきなり鳴き声が聞こえると、ちょっとびっくりだよね。

王都の中では雑音も多いから、普段は気にならないのかもしれない。

そうして進むこと半日くらいだろうか。山間の集落に到着した。

小川が集落の真ん中を流れている。

家々の間からは白い煙が立ち上っている。ここが王国で有名な温泉地、ケルン温泉だった。

ポーションなどで治りにくい古傷の痛みや、慢性病などに効果があると言われる、湯治で有名な場所だ。


「なんだか変わった臭いがしますよ、ミレーユさん」

「硫黄の臭いだね。黄色い物質なんだけど、知らない？」

「知らないです！」

元気よく答えるマリーちゃん。

マリーちゃんは私たちと一緒にいるから錬金術の知識が普通の人より豊富だけど、あくまでメイドさんだから当然知らないこともある。

「はいはい！　アタシ、知ってマス」

「おお、エミルちゃんさすが」

「へへ。毒性があるんデシタよね」

「うん。気を付けてね。でも少しなら大丈夫だよ」

馬車を正面玄関の前に停めて、旅館の人に預かってもらう。

旅館の外観は木造建築のようで、三階建ての大きな建物だ。

ずいぶん年季の入った建物だから、きっとここは老舗なのだろう。

玄関から入って、エントランスホールを眺める。

「広いですね、ミレーユさん」

「うん、さすがだね」

「のびのびできますよ、先生よかったですね」

「こんな豪華なところ初めてデス」

「疲れも取れそうだもんね、ふふふ」

そのまま受付カウンターまで歩いていき、手続きをする。

お部屋に案内してもらうと荷物を置いて、ではさっそく。

「温泉っ、入りましょ」

「「「はーい」」」

みんなで部屋から温泉へと移動する。

ぽんぽんぽんと男女別の脱衣所で服を脱いで、お風呂場に突撃していく。

みんな若いので動きもスムーズだ。

どの子もツルツルお肌ですってばよ。

ふぅぅと一番乗りで、露天風呂の温泉に浸かる。

湯船は石組みでできていてかなり広い。天井もないので上はすごい開放感だ。

今は青空が広がっていて、トンビが数羽飛んでいるだけだ。

お湯からは湯煙が上がっている。

「あああああ、極楽！　極楽！」

「あはは、もうミレーユさんったら」

「先生はいつもこんな感じですね」

「師匠、ついていきマス。極楽デス！」

昼間はそれほど人がいないみたいで、今なんて私たちの貸し切り状態だった。

あぁぁ、気持ちいい。広くてのびのびできる。

家のお風呂でも気持ちいいのに、この広大な露天風呂に浸かると、そりゃあもう素晴らしいの一

言ですよ。

石造りの湯船というか池みたいな感じの自然風な作りがいい雰囲気だ。

「茹で野菜になった気分だよ」

「ふふふ」

シャロちゃんに笑われてしまった。

「みんな、野菜デスね、師匠」

「お、おう」

エミルちゃんからは全肯定をいただいた。それはそれでなんだかこそばゆい。

野菜になって鍋に入ってるような気分で茹でられている。

シャロちゃんちのお風呂の再来だ。

私たちの旨味が温泉に出るのか、温泉の成分が自分たちに染みるのか、両方か。

なんらかの温泉効果、例えば美肌とか健康効果とかがあるに違いない。

温泉の効能っていろいろ言われてはいるけれど、民間伝承の類いで実際に効果があるかはよく分かっていないのだ。

「乳白色で綺麗なお湯デス」

エミルちゃんがお湯を手で掬う。

「そうですね。温泉が体に染みわたって気持ちいいです」

マリーちゃんも同意してうんうんと唸る。

実に平和だ。

こっちは女湯だけど垣根の板の向こう側は男湯だ。たぶん構造的に見て左右対称のシンメトリーなんだとは思う。

どんなお客さんが入っているのだろうか。休暇中の騎士様とかだろうか。

「ぬくぬくです」

シャロちゃんものんびり浸かる。

うん、温泉に遊びに来てよかった。最近ちょっと上級ポーションを作ったり、エミルちゃんがきてから指導にも忙しかったりとストレスが溜まりがちだったので、息抜きができてうれしい。


みんなでお風呂から上がる。体を拭いたら全員お肌がツルツルだ。大変よろしい。

お部屋に戻ってのんびりしよう。

「カードゲームでもしようか」

「「「はーい」」」

みんなでトランプをする。

厚紙に数字と記号のスートが書かれているもので元々は占いのタロットカードが簡略化されたものだ。

昔は賭け事に使われたんだけど、国の法律で禁止されて以降、健全化してゲーム用になっている。

版画印刷なんだけど、こういうので使うインクも錬金術の賜物なのだ。

今はババ抜きをしている。ジョーカーが残った人が負けだ。

「あ、ジョーカーはミレーユさんが持ってそうです」

マリーちゃんがズバリと言う。

「ドキッ」

「先生はなんでも顔に出るタイプですもんね」

「えへへ」

「師匠、頑張(がんば)ってくだサイ」

もう、みんなして。私だってできるもん。

でも私がジョーカーを持っていることは当たっている。

そんなに顔に出やすいかな。

「先生は感情が分かりやすいから、コミュニケーションがしやすくて助かります」

「もう、シャロちゃんったら」

「師匠、助かりマス」

「あっ、もう、エミルちゃんまで～」

「あっははは」

マリーちゃんが大笑いしていた。ぐぬぬ。

こうしてゲームやおしゃべりをしているうちに、旅館での時間は過ぎていった。

夕ご飯の時間になる。

「キノコに野菜に魔物肉だね！」

部屋にたくさんの料理が運び込まれてきて、みんな物珍しそうに見回している。

ここでは一度に全部の料理が小皿で出てきた。

大皿ではなく個人ごとに分けてあるから、取り合いとかにもならない。

もっと形式にこだわるところとかはコース料理で一品ずつ出てくるので、順番に食べるのも結構大変だったりする。

焼きキノコ、野菜と魔物肉の蒸し焼き、野菜たっぷりスープ、川魚の煮つけなど盛りだくさんだ。

「どれから食べましょうか、ミレーユさん」

「好きなのからいただきましょ」

こういうシステムは楽でいいね。

お肉もお魚もそれからお野菜も美味しい。

知らないキノコだけど焼いたものが特に美味しかった。

「えへへ、いっぱい食べちゃったね」

私は膨れたお腹をさすってぽんぽんと叩く。

ポムもお野菜とか分けてあげたらよろこんでいた。

料理もみんな美味しくて大満足だった。

お風呂も料理も最高だ。

並んだベッドにみんなで寝(ね)る。

「ミレーユさん、おやすみなさい」

「先生、おやすみなさいです」

「師匠、おやすみなサイッ」

「みんな、おやすみなさい〜。また明日ね」

ポムは今日も私の上で寝ている。

ここがお気に入りの定位置なのだ。

ではふかふかの高級ベッドとお布団(ふとん)でおやすみなさい。

ぐっすり眠(ねむ)ってすぐ朝になった。

なんだかあっという間だったような気がする。

今朝は疲れも取れていて、すっきりしていた。

とても気分よく目が覚めてうれしい。

みんなも元気そうだったのでよかった。

パンとジャム、それからコーンスープの朝食をいただいて、そそくさと支度をする。

チェックアウトはもう少し後なので、先に用事を済ませよう。

「では今日はちょっとお出かけします」

「なんデスか、師匠」

「エミルちゃん、あれだよあれ、黄色い粉」

「黄色い粉、えっと、なんデシタっけ、たしかあれ」

「硫黄だよ。硫黄」

「そうデシタ、硫黄デス」

ということで源泉まで行って硫黄を採取しにいくことにする。旅館から源泉まで歩いていくと、温泉の周囲に黄色い粉がたくさん付着しているのが見える。それをナイフでそぎ落として塊ごと拾い集める。

「あ、お湯が出てるところ、噴出口って言うんだけど、ものすごく熱いから絶対に触っちゃ駄目だよ」

「「はーい」」

硫黄も錬金術の材料の一つなのだ。

エミルちゃんが言っていたように毒性がある。ただ毒は薬にもなるのだ。特に薬品としての需要がいろいろある。

マジックバッグにいっぱいになるくらいまで、たくさん採る。

産出地があまりないうえに毒性もあるので、流通に制限があって入手しにくいのだ。

ここでは取り放題なので、私は遠慮なくたくさん採った。

何かの機会に使うこともあるはず。

「先生、楽しそうですね」

「シャロちゃん、分かる？　錬金術師ってこういうの大好きなんだよ」

「ふふふ」

弟子に温かい目で見られながらホクホク顔で集めた。


源泉から温泉旅館に戻ってくる。

「では帰ろうか」

「「はーい」」

「お世話になりました」

「またお越しください」

「うん、是非に！」

旅館の人にお礼を言って後にする。

馬車でまたえっちらおっちらと移動していく。山あり谷あり、森や草原もある。

道をずっと進んでいく。

すべての道はユグドラシルの王都に通じているという諺もある通り、王都の大きな城壁が見えてきた。

「戻ってきましたねぇ」

マリーちゃんが馬車から身を乗り出して前方を見ていた。

盗賊（とうぞく）やモンスターにも襲撃（しゅうげき）されず、今回は楽な旅ができた。

これは単純に運がよかったのもあるし、王立騎士団などが街道の見回りを厳重に行っているからでもある。

こういうのは他人から見えない努力をしている人がいるのだ。

「騎士団にも感謝だね」

私はぽつりと言った。どこの誰（だれ）だか知らない騎士団に感謝を込めて。

いろいろな人の努力が実を結んで平和になっているのなら、大変ありがたいことだ。

# 22章　孤児院と寄付だよ

温泉から戻ってきて少し経った。寒さもここからが本番といったところで、床下暖房に薪を燃やすのも日常になってきた。

「そういえば、最近ちょっと儲かってるんだよね」

「そうですね！　ミレーユさんのおかげですね」

マリーちゃんがのほほんと話にのる。

新しく売り出した魔道具が好調なので、弟子の給料を差し引いても、余裕で黒字だった。

本業の調薬のほうも順調で、日々利益が積み上がっている状態だ。

需要は安定しているので、生産も利益も安定期にあるといえる。

「じゃじゃーん。そこでちょろっと孤児院とか行ってこようかな」

「お、ミレーユ先生、寄付ですか？　寄付」

「う、うん」

前のめりのシャロちゃんも珍しい。

シャロちゃんがなんだなんだとこっちに近づいてくる。

裕福な人が孤児院に寄付をするという話はたまに聞くが、そこまで一般的ではないかもしれない。

貴族とかはよく寄付するみたいだけど。

「うちそんなに儲かってたんですね！　うれしいです」

まあ実は儲かってるんですよ。うひひ。

会計は私が担当しているので、他の子はたぶん把握していない。

まあ、店長である私の責任だしね。

給料はちゃんと払ってるし、家賃も払ってる。借金とかの類いは今は特にない。

最初は布団を買うのもローンにしてもらっていたのに、えらい違いだ。


さて孤児院といえば大抵は教会や王国、領主の管轄で運営しているというのが相場なのだろう。

ここ王都の孤児院もそうで、マルタリー教会の付属施設となっている。

隣には小さなシエスタ神殿が建っていて、孤児院はこの神殿の付属なのだ。

シエスタ様というのはもう何代も前の王妃様のお名前で、彼女が教会にお金を出して孤児院の事業を始めたのだそうだ。

私のミレーユ錬金術調薬店もこんなふうに代々名前を受け継いでもらえるとうれしいな、などと今から思ってしまった。

百年くらい先のことも考えないといけないよね。裏にはユグドラシルの木があるから。

そのころ私たちがどうなってるか分かんないんだけどね。

そんなことを考えながら王都の孤児院に向かった。

「お姉ちゃんだ～～」

「何の用事ですかああ」

「はいはい、ちょっと通してね」

子供たちに囲まれながら、孤児院の建物に入っていく。

「神父様」

「はい、ワタクシに用ですか？」

「そうです。あの、寄付をちょっとばかし」

「ありがとうございます。これも神の思し召しでしょう。いつも見ていてくださっているのです」

「そうですね」

神父さんの話をニコニコして聞いているけれど、私は無神論者に近いので、あまり信仰はしていない。

でも他人の信仰心にまで口出しをするものではない。

信仰は自由だ。その人がしたければいくらでも。彼のように熱心に神に仕えている者もいる。

王様もそれなりの信者だろうし。それに連なる貴族や偉い人たちに反抗するようなものでもないよね。

まあとにかく、信仰にもお金は大事だよっと。

金貨が入った袋をお渡しする。

「こんなにたくさん、ありがとうございます」

神父さんが深々と頭を下げる。

こういう寄付には金貨で渡すという風習があるのだ。

金は銀や銅のように腐食したりしないので、嘘を吐くことがないということらしい。

「お肉でも食べてください」

「はい、助かります」

孤児院の子たちって、普段は何を食べてるんだろうね。孤児院も貧乏経営らしいし。

元貧乏エルフとしては少々気になってしまう。

もちろん教会や国からの寄付金もあるみたいなんだけど、それでみんながお腹いっぱい食べられるかと言うと難しいのかもしれないね。

世の中は結構複雑で、管理費や修繕費などの出費があるとご飯が減らされてしまったりすることもある。

せめて子供たちだけでもとは思うけれど、そう簡単ではないのだろう。

神父さんと応接室から出ると、扉の前で待っていた子供たちに囲まれてしまう。

「なにくれたの？」

「なになに、お肉？」

「ご飯がいいよな、ご飯！」

「お金でもいいぞ、寄付ならご飯になるからな！」

口々にわあわあ、いろいろ言われてしまうが笑顔で聞き流す。

みんな元気がある程度には食べられているみたいでよかった。

若い子には将来があるからね。立派に育って次代を担って欲しい。

寄付も半分はエゴというか、自分たちじゃ使い切れないからおすそ分けだよね。

みんなにちょっとでも私たちの幸せを分けて共有するんだもん。

◇

魔道炉があるので、そろそろ作りたいものがあった。

寄付をするくらいだからちょっとだけ儲けている。

そこで自分たち用にミスリルの短剣を作りたい。

理由として一つはお守り的な意味合いを込めて。もう一つは単純に切れ味がよく使いやすいナイフが欲しい。

ミスリルは本当の銀という意味で『真銀』や、魔銀、魔法金属とか言われる物質の名称だ。

銀に似ているがサビることがなく、半永久的に輝き続ける。

かなりの強度と柔軟性が両立していて、魔力の浸透が優れているとされる金属だった。

国内でも何か所か採れる場所があるんだけど、いずれも採掘量が少なくて希少な金属だ。

しかし魔道具、魔術的なアクセサリーや防具なんかによく使われる。

市場で入手はできるものの、結構なお値段がする。

需要はたくさんあるのに量が少ないんだから当然だった。

「ミスリルの短剣、護身用を作ろう！」

「ミスリルなんて高級ですね‼」

マリーちゃんでもミスリルが高価な金属であるということは知っているようで、大変驚いていた。

「ミスリルの短剣なんて、そんな」

シャロちゃんはちょっと違って、ミスリルを短剣にすることにびっくりしているようだった。そんなに珍しいかな？

魔道炉に市場で買い集めてきたミスリルの欠片を次々に投入して、燃料用の魔石も入れる。

そこに魔力を流して加熱していくのだ。

金属を溶かすのでかなりの高温になる。

ミスリルは鉄より融点が高いから、ちょっとだけ作業が大変だ。

そうして短剣一本分のミスリルを溶かしてしまうと、それを型に入れる。

しばらくして冷えて固まったらインゴットの出来上がりだ。

「これがミスリルのインゴット」

「これでいくらなんです？」

シャロちゃんの質問にニヒヒと笑う。

「かなりお高い」

「へええ」

それを作る予定の本数分、五個ほど作ってしまう。

一度にやったほうが炉の温度を上げるときに効率がいいからね。

「次は出来たインゴットを温めて叩くんだよ」

「ってことは鍛造ってことですか？」

「そうだね！」

銀の鏡などはインゴットにしないでそのまま型に入れていたので、いわゆる鋳造という作り方だった。

これは作り方が違う。

しかも普通の鍛造とも違って、ミスリルの短剣を作るには魔力を付与する必要がある。

魔力付与によって切れ味が抜群によくなる。これがミスリルの短剣が重宝がられる理由なのだ。

魔力を加えながらハンマーで叩いていく。

カン、カン、カン、カン。

ミスリル全体にムラがないように魔力を馴染ませていくのだ。

この辺は錬金術師の勘だね勘。

普通の鍛冶屋では、ここまでの魔力付与ができる人が少ないので難しいだろう。

たまにいる歴戦のドワーフ鍛冶師とかならできそうだ。

カン、カン、カン、カン。

小気味いい音が作業場に響く。

あくまでナイフだしね。長剣とか作ると、この何倍も難しいのだ。

でも小さい物なら比較的簡単だと思う。私の中では。

カン、カン、カン、カン。

どんどん叩いて形を整えていく。

薄く延ばして折り畳んで、また叩いて延ばしてと作業しつつナイフの形にしていくのだ。

「それで水に入れて、ほい」

ジュワアア。

水につけるとすごい音がする。一気に冷やして金属を強くする。

「それであとはヤスリ掛けだね」

専用の砥石で研いでいく。ミスリルは硬いのでヤスリ自体が特殊なものだけど。

「はい、完成」

「そんな、簡単にできました、みたいな言い方をされても……」

研ぎ終わった短剣を机に置くと、シャロちゃんが呆れて言ってくる。

「でも完成ですもん」

「そうデスよ、師匠はすごいんデス」

「まあ、そうよね。知ってた」

シャロちゃんとエミルちゃんが二人でよろこんでいる。

うんそうそう、完成しておめでたいのでうれしい。

まさしく銀の輝きが美しい。加えた魔力のせいかは知らないが、ほんの少し青っぽく見える。横側なんかは鏡とほとんど同じくらい平面で綺麗だ。刃先には波模様が見えた。

「これを個数分、繰り返します」

みんながわいのわいのと言ってる間に人数分作ってしまう。

「一個多いのは、メイラさんの分だよ」

ということで私たちとメイラさんのミスリルの短剣が完成したのだった。


さっそくメイラさんの所へ持っていった。

「メイラさん、はい、ミスリルの短剣です」

出来上がったミスリルの短剣を差し出すと、メイラさんは目をみはる。

「こ、これは……そんな、すぐできるような扱いのものなのだろうか」

「ええ、だってすぐできましたもん」

「そ、そうか」

珍しくメイラさんが引き気味だ。ミスリルはそれなりに高かったけど、そんなに驚くほどの値段ではなかったと思うけど。

「エルフの末裔なんだっけ」

「そうですね」

私が渡したミスリルの短剣をまじまじと見つめながら、メイラさんが聞いてくる。

そういえば以前にメイラさんには話したんだっけ、村の事とかも。

「エルフが作ったミスリルの短剣、か」

「そうですね。普通ならドワーフなのだろうけど」

「エルフのミスリルの短剣って知ってる？」

「いや、何かあるんですか？」

私が答えるとメイラさんは呆れたような顔をしていた。

特に私は知らないけど……。

「王都の伝承では伝説の剣扱いですよ。呆れました。こんなもの、いくらすると思っているんですか」

プレゼントをしたはずが、なぜか怒られた。解せぬ。

「え、えっとミスリル高いですもんね」

「それだけじゃないんだよ。短剣にする技術がもうね、このあたり、私の知りうる範囲にはないんだ」

メイラさんが知らない。

つまりそれは王都はもちろん、この王国内において技術が存在しないということを意味している。

「あっ、ええ!?」

「うん。ここではもう生産されてないんだ」

「そうなんだ」

「輸入とかも絶望的で、そういう意味でも伝説の類いだね」

今度は私が遠い目をする。

そっか、技術が失われちゃってたか。

他国には残っている地域もあるみたいだけど、その希少性から禁輸品に指定されているみたい。

「ということでミスリルの短剣は、値段がつけられないくらいにめちゃくちゃ高い。これは他にも？」

「いえ、自分たちの分だけしか。なにぶんミスリルがちょいと高かったので爆買いできなくて」

たくさん買えたらよかったのにね、という意味を込めて話したのだが、メイラさんは違ったようだ。

「よかった……」

メイラさんが明らかにほっと胸をなでおろす。まさかそこまでの代物だったとは。

「そうですね」

「騒動になるところだったよ。これは秘密だ。必要なら受注生産にしてもいいが、店頭には置かないでくれ」

「分かりました」

ちょっとモノがモノだけに、ほいほい作っては問題があるらしい。

いや技術が残ってるならどんどん作ってしまえばいいんじゃないか、と思うんだけど、メイラさんは違う意見らしい。

いやぁ、そういうのよく分かんないんだよね。

なんでもミスリルの短剣は貴族の家で代々受け継がれるレベルのものらしいんだ。
それでそういう格式の高いものを、ほいほいと新造されては困ってしまうと。
貴族か、うん。ちょっとあまり引っ掻き回すと怖いよね。
ということでミスリルの短剣は極秘生産ということになりました。

# 23章　お兄ちゃんの訪問だよ

冬も本番、そろそろ霜が降りるかな、ぐらいのころ。

「そろそろうちも防火ニスを塗らないとね」

「そうですね、ミレーユさん」

マリーちゃんと雑談をする。

そうなのだ。この建物、結構古くて外壁の木の板もだいぶ傷んでいる。

そしてこの前の火事があったことで王都では今、防火ニスを塗るのが流行っているのだ。

うちもそろそろ壁の塗り替えの時期なので、今度は防火ニスを塗ろうという話をしてあった。

ただ問題があるのだ。

「私たち、みんなちんちくりんなので」

四人とも背が低くて、ニスを塗るのに上まで届かないのだ。

「そうなんだよねぇ。専門職の人は引っ張りだこで予約も取れないし」

流行っているせいで、職人の予約がいっぱいで取れそうになかった。

そうこうしているうちに家の壁はどんどん傷みが進んでいく。

あまり放っておくのはよくないことは分かっている。

悩ましい問題だった。

そんなある日。私たちの錬金術調薬店にある人物が訪ねてきた。

まだ開店前の午前中だった。

「すみません、ミレーユいますか？」

「なに？　って……お兄ちゃん！」

「おう、ミレーユ、久しぶり」

「えっ、なに、王都まで来たの？」

「そうだぞ。手紙の一つもよこさないから元気にしているのかと思っていれば、お店まで開いちゃって。びっくりしたよ」

金髪碧眼。背が高い。それから耳が少し尖っている。私のお兄ちゃんだ。

こんな特徴の人は大変珍しいのですぐ分かる。

別に私たちの兄妹仲は悪かったわけではない。

お兄ちゃんに村を追い出されたわけでもないし、王都には私の憧れで来たからね。

「どうだ、うまくやってるか？」

「うん。まだポーションの種類とかは少ないんだけど、なんとか」

「材料集めから大変だろ」

「そうなんだよ、お兄ちゃん。よく分かってるね」

ということで、店内に陳列されているポーションをお兄ちゃんに見せて回る。

「ふむ。王都ではモリス草なのか、それ以外はいい感じだね」

「モリス草しかなくてさあ。それからこの前、温泉に行ってきたから硫黄(いおう)を集めてきたんだよ」

「何か作れるか？　ミレーユがどれだけ腕(うで)を上げたか見てやろう」

「私だって日々成長してるんだもん」

「じゃあ、やってみよう、スピードアップポーション」

「そうだね。材料は揃(そろ)えられるからできそうだよ」

ということで急遽(きゅうきょ)、お兄ちゃんとポーション作りをすることになった。

先にいつも商品として並べているポーションを作ってしまう。

その間に、マリーちゃんにちょっと不足している材料の買い出しをお願いしておいた。

「では、はじめます」

「はいどうぞ、ミレーユ」

まずはエルクソンの実を粉々にして、水と一緒(いっしょ)に錬金釜(がま)に入れてかき混ぜる。それにクジラの滴(しずく)と呼ばれる液体と温泉で採ってきた硫黄を少量混ぜる。

エミルちゃんが言っていた通り、硫黄をそのまま摂取(せっしゅ)すると中毒症状(しょうじょう)を引き起こしてしまう。

でもこれはちょっと違(ちが)うのだ。

「ぐるぐるかき混ぜて」

「うん、お兄ちゃん」

かき混ぜているとエルクソンの実の要(い)らない成分と硫黄が反応して、沈殿(ちんでん)していく。

「なんか分離してきましたね、先生」

「そそ、これが硫黄の応用方法なんだ」

「へぇ」

ぐるぐるとさらに混ぜるとどんどん沈殿してきて、薄茶色の水と、下部に溜まった泥みたいなものに完全に分かれていた。

「これを濾過するんだ」

濾紙を使った濾過装置で、泥を分ける。

「これで上澄みの茶色い水だけが採れたでしょ。これにルーフラ草とボブベリーを入れて」

錬金釜にポイポイッと素材を放り込む。

「魔力を加えると、ほい完成。スピードアップポーション」

「なんですかそれ？」

「速度を上げてくれるポーションデスか？　師匠」

聞きなじみがないのか質問してくるマリーちゃんに対し、エミルちゃんが正解を言ってくれた。

スピードアップポーションは体がなんとなく素早く動くようになる魔法のような効果がある。

そりゃポーションだから魔法の効果が出るんだけども。

「ミレーユ、やったな」

「はい、お兄ちゃん」

兄妹でいえーいって両手を合わせる。

こうしているとハシユリ村にいたころを思い出す。

「ふふふ、仲いい」

「本当、仲いいですね」

マリーちゃんとシャロちゃんがおかしそうに笑っている。

お薬が完成すると、うれしいもんね。

スピードアップポーションは身体能力を強化してくれるポーションの一種だ。

聖女様などが使える「祝福」と呼ばれる魔法があるのだけど、アレに近いことができる。

材料がちょっとばかし特殊で値段も高いので、製品も高くなってしまうのが難点だ。

でもドラゴンだったりワイバーン、ヒドラみたいな強い敵と戦うときには便利だと思う。

死んじゃったらなんにもならないからね。

お薬で能力が上がるのなら、それに越したことはない。

「ミレーユ、せっかくだから俺が作れるいろいろなものを持ってきたぞ」

「え、なになに」

「ほらまず大きいやつ、柱時計。それから壁掛け時計」

「わあ！」

マジックバッグから次々と製品が出てくる。

私が家を出てすぐに、私に会いに来ることでも想定して作りだめしたのだろうか。

「ほれ、扇風機、冷風機、暖房機、除湿機とか」

「すごいすごい、お兄ちゃん」

「だろ。まだある」

　いろいろな機械が出てくる出てくる。よくこんなに持ってきたものだ。

「ポーションは移動に時間が掛かるから持ってこなかった」

「うん、それはうちでも作れるから大丈夫」

「そうか。それで、これはミレーユの店で売れそうか？」

「まだ棚に空きがあるから隅の方に置かせてもらうよ」

「役に立ちそうか？」

「そりゃもちろん、ありがとうお兄ちゃん」

「ああ、代金は先に卸値でちょうだい。悪いね」

「あ、そうだよね。えへへ、全部プレゼントかと思っちゃった」

「さすがにそれはない。うちは貧乏錬金術店だからな」

「そうだった、そうだった」

　村では錬金術の材料費の輸送コストが高いことと、魔道具はすでに各家庭に一通り配備済みなので、錬金術店は貧乏なのだ。

　そんなところで夢も希望もなかったので、王都に出てくることにしたという。

「師匠、すごい。お兄さん、すごいデス」

「えっと君は」

「アタシはエミル。ミレーユ師匠の弟子をしてマス」

「あぁ、なんだ。ミレーユはその歳で弟子を取ったのか」

「うん、あの、王都の錬金術って技術が廃れてて、なんというかうちが最先端なので」

「は？　そ、そうなのか。へぇ、田舎の技術がねぇ」

「そうなんだよ。私だって最初、初級ポーションの品質が低くてびっくりしたもん」

「ははは、そっか、そっか」

エミルちゃんがお兄ちゃんが持ってきた道具の数々を興味深そうに見つめている。

中にはうちで作っているものと瓜二つの製品もある。

「ところでお兄ちゃん、お願いが」

「なんだい？」

「店の壁に防火ニス、塗って欲しいんだけど」

「久々に会った兄に頼むのがそんなことか？」

「うん。私たちみんな小さいでしょ」

「そうだな、うん。俺、デカいもんなぁ」

お兄ちゃんは私たちより頭一個分は背が高い。

「背が高いって便利だね」

「分かった、分かった。このあとやってやるよ」

こうして防火ニスを急遽、錬金術で作って用意する。

それをお兄ちゃんが家の壁に一周ぐるっと塗ってくれる。

防火ニスは乾かないうちにどんどん塗っていく必要があるため、実は思った以上に塗るのにテクニックがいる。

お兄ちゃんはハシゴを昇り降りして器用に壁を塗っていく。

刷毛を使って上に下にと塗っては左右に移動していく。

「お兄ちゃん、悪いねぇ」

「いいって、大事な妹の頼みだからな」

「えへへ、ありがとっ」

「へいへい」

持つべきものは背の高いお兄ちゃんだね。

お兄ちゃん様様。いやあ助かった、助かった。

防火ニスを塗り終わると、木の壁に艶が出ていい感じの色合いになっていた。

素人がやると、均一な厚みで塗れずにまだらになってしまうのだ。

私たちでは決して届かない上の方もしっかり塗ってある。

塗り残しがあると、そこから傷んでしまうことがある。

実はお兄ちゃんは村でこんな仕事もしているのでベテランなのだ。

田舎の錬金術師はいろいろと仕事があって大変だ。

その後はいつも通りお店を開いた。

営業中の間は、お兄ちゃんには王都を観光してきてもらった。


「じゃじゃん。今晩は焼肉パーティーをします」

「「「おおおおぉぉぉ」」」

「お兄ちゃんがお土産にワイバーンのお肉をくれました！」

「さすが先生のお兄さんなだけはありますね」

シャロちゃんがことさらお兄ちゃんを持ち上げる。

ということで女の子に褒められてテレッテレのお兄ちゃんを尻目に、焼肉パーティーを開始する。

「お肉～お肉～ワイバーン♪」

今日はもうルンルン気分だ。

なんといっても、ドラゴン肉ほどではないにしろ高級肉であるワイバーンのお肉なんだから。

ワイバーンというのは亜竜と呼ばれるドラゴンの仲間で、ドラゴンと違って手がない小形の竜だ。

そのお肉と言えば美味しいと評判らしい。私も食べたことがないので食べたい。

ワイバーン肉は王都に来る途中でたまたま手に入れて、持ち込んでくれたらしい。

マジックバッグは大容量だからこういうときに便利だ。もちろん錬金術師のお兄ちゃんもお手製のものを使っている。

「さっそく焼いていきましょう」

ジュワアアア。

お肉が火であぶられ焼かれていく。頃合いを見てひっくり返す。

鮮やかな赤色だった身が、茶色くなって少し焦げ目がついていた。

ちょうどいい感じだ。両面を程よく焼いたらほい完成。

「いただきます」

「「「いただきます」」」

ワイバーン肉に塩コショウを適量振って食べる。お好みでレモン汁もついてるよ。

「う、うまっ」

「とってもジューシーです！」

「こんなお肉食べたことがないデス」

「先生のお兄さん、ありがとう」

「ミレーユが世話になっているからな。みんなじゃんじゃん食べてね」

お肉を口にしたみんなが目を丸くしている。それを見てお兄ちゃんもニコニコだ。

ポムにもお肉をあげると、よろこんで食いついてきた。

普段は草ばかり食べているけど、スライムは基本的には雑食性だ。好みはあるけどお肉も草も食べる。

「ポム、お前見ないうちになんか大きくなってないか？」

「ぴゅみゅみゅ」

「あれ、こんな鳴き声だっけ？　まあいっか。ポムも元気そうでよかったよ」

ポムとお兄ちゃんの仲も長いのだ。

男同士なのか分かんないけど、友達なのだろう。

なんだか楽しそうにしていた。

それにしてもワイバーン肉。

アツアツで肉汁が溢れてきて旨味があって、すごく美味しい。

赤身肉だけどほんの少し脂身の層が走っている。これが柔らかいんだよ。

塩コショウのシンプルな味付けで十分美味しい。

「あちっ、はふはふ」

「もうシャロちゃん、ちゃんと冷ましてね」

マリーちゃんにシャロちゃんが注意されてた。

「えへへ、焦っちゃいました」

てへと舌を出す。そんな姿もかわいい。

こうして美味しいお肉パーティーを満喫したのだった。

その晩、お兄ちゃんは近くの宿で一泊したのだけど、翌朝にすぐハシユリ村に戻るというので見送りにいくことになった。

場所は私が王都にやってきたときに通った、あの大門がある南城門だ。

朝市が出ており、野菜などがあちこちで売られている。

かなりの活気で圧倒される。

相変わらず人が多い。さすが王都だ。

王都に最初に来た日、それはもう感動したものだ。

「お兄ちゃん、じゃあ、またね」

「ああ、来年また魔道具を持ってくるよ。年に一回くらいは顔も見たいしな」

「そっか、あれで儲かったの？」

「ああ、ちょっと黒字だな。誰かに輸送してもらうと高いけど、自分で運べばぎりぎりね」

「それならよかった。ばいばい」

「さようなら、また」

お兄ちゃんが手を振って乗合馬車に乗り込んでいく。

本当に様子を見に来ただけで、忙しいらしかった。

私もお兄ちゃんの顔が見れてほっとしている。また来年と言っていたし、次も笑顔で会おうね。

ばいばい、お兄ちゃん。

# 24章　飛空艇だよ

「外！　見てみて、ミレーユさん」

朝、出勤してきたマリーちゃんが珍しく私を外に呼んだ。

「なぁに？　外を見ればいいの？」

「はい。お空。飛空艇きてますよ」

「おぉぉぉ」

店の外に出て通りから空を見上げてみると、飛空艇がどどんと通過していくところが見えた。

飛空艇はそのまま王宮の方へと進んでいった。

飛空艇というのは気球の親戚みたいなもので、軽い空気をたくさん入れて風船みたいに空に浮いて進む。

もちろん、そのために大型の魔道具が使われている。

とても珍しく世界に十機程度しかないらしい。

「すごいね。見にいく？」

「はいっ」

シャロちゃんとエミルちゃんは飛空艇を結構見たことがあるみたいなので、二人には開店の準備をしながらお留守番してもらうことにした。

とはいえ普段から在庫は多めに用意しているので、緊急時は休んでも平気だったりする。

今が緊急かは分からないけど。

王宮の方へと歩いていくと、他にも見学の人がぽつぽついる。

人だかりができるほどではない。

飛空艇は年に数回くらい、こうして王都にも飛来する。

地上に降りてこないで上空を通過するだけの場合もあった。

子供たちが空に浮く飛空艇をはしゃいで見ているようだ。

「結構大きいね」

「ミレーユさんはひょっとして初めて見ます？」

「そういえば、そうだね。うん、人伝ての話と、本でしか見たことがないかも」

巡り合わせというのはあって、私が王都に来てから飛空艇がやってくることはなかった。

王宮の庭というか、芝生広場のようになっている場所へ飛空艇が降りてくる。

よく見るとその下に騎士団がいて、隊長のランダーソンさんもいるのが見えた。

しばらく見ていると飛空艇は地面すれすれで停止して、ワイヤーで固定されていた。

ふわふわ浮かんでいるので、風で飛ばされやすいらしい。

「ランダーソンさーん」

「おお、ミレーユさんたちじゃないですか」

飛空艇の近くにいるランダーソンさんに手を振ると振り返してくれる。

「見学ですか？　すごいですよね、飛空艇」

「はいっ。とってもすごいです」

「ははは、まあ好きなだけ見ていってください」

言われなくてもじっくり観察しちゃうぞ。

なんていったってもう作られて五十年以上経っているという話だ。

現代では技術の継承が微妙で、新造艦を作るのが難しいと言われているのだ。

こんなところでも錬金術は衰退しかかっている。ピンチなのだった。

さすがに私も飛空艇は作ったことがない。

「そうだ、ミレーユさん。試乗してみます？」

「え、いいんですか？」

「はい、特別です。今回だけですよ」

「乗る乗る、是非、お願いします」

ということで乗せてもらえることになった。

楕円というかレモンを横にしたような空気袋の下に、プロペラのついた本体部分がある。

ここに搭乗するようだ。

本体部分は通常の船みたいなデザインになっていて、水上にも着水できるようになっている。

ハシゴを登って中に入れてもらう。

「あ、あの。ミレーユ・バリスタットです。よろしくお願いします」

「はいよ」

操縦室に入ると、いかにもといった帽子をかぶった艦長さんがいた。

人当たりがいいみたいで、笑顔で応じてくれた。

ちなみに知らなかったんだけど、飛空艇は輸送船でも軍に所属しているので、軍艦扱いなのだ。

「ちょっと荷物の準備まで数時間、暇をしていてね。軽くどこかに行ってもいいよ」

「あっあの、私ハシユリ村出身なんですけど」

「ハシユリ村ね、えっと山奥の」

「知ってるんですか？」

「ああ、ほぼすべての町や村の名前は知ってるよ。これが仕事だからね」

さすが艦長さんだ。王都に来てからハシユリ村のことを知っている人に会ったのは初めてだ。ちょっと感動する。

「ハシユリ村までは無理だけど、途中の町の上空まで往復してもいいよ。行ってみるかい？　ちょっと慣らし運転をするついでだね」

「え、いいんですか？」

「おおよ、任せておけ」

艦長さんはバシンと胸を叩く。

目的地はエランド町に決まった。国内で五番目くらいに大きい町かな。

ハシユリ村からすると王都までもう少しという立地の町だ。

そこまで数時間でいけるというのだから、なるほど、飛空艇は速いのだろう。

なんていうか規格外だ。さすが飛空艇。

女の子二人を加えた飛空艇は燃料となる魔石を積みこむと、空に再び昇っていく。

こうなることが分かっていたら、シャロちゃんとエミルちゃんも連れてくればよかったかも。

「わっわ、浮かんでく！」

マリーちゃんがはしゃいでいた。

私も気持ちは分かる。なんだか空を飛んでいるというのが信じられない。

それでも窓から見える地面は遠くなって、家々がだんだん小さくなっていく。

王城があり、あの大きなユグドラシルも上から見下ろす視点で見れるなんて感動だ。

そう思っているうちに王都からどんどん離れて、王都すらも小さく遠くなる。

「すごい、すごい」

「まあね」

よろこぶ私たちを見て、誇らしげな顔の艦長さん。

そうして特に揺れたりもせず快適な空の旅をしていたんだけど……。

「ぐぎゃああ」

「ぐぎゃああ、ぐぎゃああ」

「ひええ、な、なんですか？」

「まいったな、ハーピーの群れだ。空を飛べるからな、襲ってきたんだ」

窓の外を見ると、ハーピーという人間に似た頭と胴体に、鳥のような羽と下半身を持つモンスターが飛んでいた。白い子と茶色い子が合わせて五体くらい取り囲んでいる。

「えっと、魔物ですよね？」

「ああ、魔物だね」

「やっつけたほうがいいですか？」

「護衛の魔法使いがいるから、そいつらが対応するだろう。ただハーピーはすばしっこいからちょっと厄介だな」

「私、錬金術師で魔法もできるので。私も手伝います」

「それなら頼めるか。もたもたしていると、どこか損傷させられるかもしれないからね」

「分かりました！」

「ミレーユさん、頑張って！」

お鉢が回ってくるとはこのことだ。

おっかなびっくりしながら強化ガラスの窓を開ける。

みんなに体を掴んでいてもらって、そっと外へ乗り出す。

風が強いものの、なんとか大丈夫。

「ファイア・アロー」

火の矢を数発放つと一体に命中した。

「ぐぎゃああ」

悲鳴を上げながらその個体は下へと墜落していく。

ちょっと可哀想だけど、こちらを襲おうとしているから仕方がない。

「ファイア・アロー、四連発」

バババババンと突き出した手から火の矢を再び放ち、残りを追撃していく。

また三体ほどに命中して落下していった。

「ラスト、ファイア・アロー、三連発」

少しすばしっこいのが一体いたけれど、連発で追い詰めたら命中。最後のハーピーも撃退に成功した。

「お嬢ちゃん、やるじゃないか」

「えへへ」

「お礼に飴ちゃんをあげよう」

「ありがとうございます」

艦長さんに貰った飴を口に入れると、ハーブと蜂蜜の飴だった。甘くて美味しい。

もぐもぐしていると頭を撫でられた。

「ははは、いい子だな」

「むぅ」

小さいのでよく子供扱いされる。別にいいけどね。

そうして再び速度を上げて風に乗った。

そうするとどんどん進んでいき、あっという間にエランド町上空へと到着していた。

エランド町は王都に出てくる途中で滞在したけど、上から見るとこんな感じなんだ。

家々が並んでいて、簡易的な城壁がある。家と家の間は道でつながっている。

「おーい、みんなー」

町の広場があったので高度を下げながら、下にいる人々に声を掛ける。

この飛空艇は結構大きいけれど、ここは比較的広いのでなんとか収まりそうだ。

「あれ、飛空艇だな、おーい」

「どうした、どうした」

「遊びに来ましたー」

大きい声で伝えると町の皆はびっくりしていた。

次々と町人が集まってくる。

「どうした飛空艇なんて」

「ちょっと体験で乗せてもらいました」

「そっか、そっか」

次第に人が増えてきて、みんなで飛空艇を観察していた。

その後も、町の住民と大きな声を出して二、三会話をした。

「そろそろ出発するよ」

「はーい」

低空飛行をしていた飛空艇が再び上昇する。

そこから帰りは順調だった。あっという間に王都が見えてきたと思ったらどんどん大きくなって、おろおろしているうちに王宮の横の芝生公園に到着していた。

「あっという間でした。ありがとうございました」

「いいってよ。じゃあな、お嬢ちゃん」

「はい。また機会があれば乗りたいです！」

「そうだな。縁があったら、よろしく」

ハシゴを降りて、地上に戻った。

降りてみると、飛空艇はやっぱり大きいなと感じる。

しばらく見ていたいけど、今日の作業も残っているので戻ることにした。

その帰り道の途中、再び飛び立った飛空艇が建物の間から覗く空に見えた。

「もう行っちゃうんだ」

マリーちゃんが空を眺めて言う。

「忙しいんだよ、きっと」

私たちを乗せてくれたのは、たまたま空き時間があったからだしね。

こうして運良く飛空艇の旅を楽しむことができたのだった。

# 25章　赤紋病と秘薬だよ

ある日、私のところにヘルプの依頼がきた。

メホリック商業ギルドのボロランさんからだ。

あの紳士が自ら店まで来るのは、最近では珍しい。

「ミレーユ嬢、すまない。うちの系列の病院で、謎の高熱の病気が出たのです。既存のポーションでは症状を抑える程度で、根本的には効かないらしい」

「ふむ。それで?」

「すでに三人、死亡者が出た。患者数は全部でまだ二十人ぐらいだが、毎日増えていてな」

「それは不味そうですね」

「そうなんですよ。一度、見てもらえまいか」

「いいですよ」

ボロランさんに連れられて、私とポムは、メホリックの系列病院に到着する。

そこには患者たちが、ベッドに寝かされていた。

医師が状況を説明してくれたが、ボロランさんの説明とほとんど同じだった。

「この病気についてはうちが指定病院になったんだ。ババラン病院から、中上級ポーションを回してもらっている。その効果で一時的に熱が下がったり改善されたりするが、もたない人もいる」

医師が悲痛な表情で訴える。

寝かされている患者たちの様子も見てみる。

「う、うう、錬金術師様、ぽ、ポーションを……」

「ええ」

患者には不用意に触れないよう気を付ける。

腕や顔などに、特徴的な発疹が出ている。赤い虫刺されのような痕だ。

そして高熱が数日続く症状。

私はこの病気に心当たりがあった。

「これは『赤紋病』ですね。赤い目みたいな発疹ができることから、こう呼ばれています」

実家にあった過去の文献で読んだことがある。実家の本棚には専門書が結構な数あって、知らないことがたくさん載っていたのが面白く感じて夢中で読んだのだ。

最終的に症状が酷い場合には、死亡する可能性もあった。

感染力は思ったほど高くはないが、ここは村と違って大都市、王都ベンジャミンだ。蔓延した結果、患者数が多ければ多いほど、症状が重い人も増える。そうなったら不味い。

「初めて聞く病気ですな。それで？」

ボロランさんが渋面を作る。やはり生死にかかわるというだけあって、真剣だった。自分の知らない病気で人々が苦しんでいるのを、放ってはおけないのだろう。

「これは接触感染する病気なんです。普通の風邪は空気感染といって、空気の中に病気の元が飛んでいたりするんですけど、これは患者と触れ合ったり、患者が触った場所を他の人が触ると発病しやすいんです」

「なんと、むむむ」

医師が難しそうに眉を寄せる。

「感染予防には、手洗いうがいです。それを徹底させてください。ボロランさんも。ホーランドと協力して、広めてください。病気になりたくなかったら、手洗いうがいだと」

「分かった」

「ワシも分かりましたぞ」

医師とボロランさんが力強い返事をしてくれる。

王都にとっては未知の伝染病だ。予防には全力を尽くさねばならないということは、二人もよく分かっているのだろう。

「あ、手洗いなんですが、薬草クリームを使うといいと思います」

「新開発したっていうアレですか」

「はいっ、これ本来は傷薬なんですが、ポーションと同じように免疫力を高める効果が少しありまして。予防にはちょうどいいかもしれないかなと」

「なるほど、効果的かもしれませんな」

ずっとこわばっていたボロランさんの表情に少し明るさが戻った。

「でも、殺菌効果が弱いかもしれません。専用の粉石けんを開発します」

「そうか、頼んだ」

こうして薬草クリームの増産と粉石けんの製造を決める。

ボロランさんと病院を後にして、錬金術店兼家に戻ってくる。

「マリーちゃん、シャロちゃん、エミルちゃん、よく聞いて」

「「「はい」」」

王都で流行り始めている病気は、接触感染するという話をする。

ポーションを生産する私たちが先に感染したら、元も子もない。

「だから手洗いうがいをしっかりすること。手洗いには薬草クリームも併用してね。徹底してよ」

「手を洗うことがそんなに大切なんですか？」

マリーちゃんが少し不思議がる。

「それが重要なんだよ。他の人が口から吐いた砂粒がいろいろなところについていて、手を洗わないとそのままそれを食べてしまうって考えてみて」

「う、それはちょっと」

「でしょ。でもそういうことは日常的に起きてて、それで病気になるんだよ」

「わ、分かりました……」

みんな青い顔する。でも納得してくれたようで、うんうん頷いていた。

流行り風邪くらいでって思うかもしれない。

しかし実家にあった本には、いくつもの物語が書かれていた。

火事が怖いのは知っていると思う。エルフの森を焼く話と同様に、都市全体が火事で消失して一晩で衰退した都市もあったそうだ。

地震、豪雨による河川の氾濫、珍しいものだと噴火なんていう原因で壊滅した都市だってあるのだ。

そして都市の衰退の原因で最も多いとされるのが、伝染病だ。過去に流行り病で人口を失い、そのまま崩壊した都市は数えきれないという。

この世界で最古の都市かもしれない王都ベンジャミンも、例外ではない。

いつ病気で衰退してもおかしくないのだ。

明日は我が身というし。明日は我が都市なんだよ。

危機感を持っているのが私だけ、というわけじゃないことが救いだろうか。

商業ギルドは必要な物資の確保など迅速に事態に対応しているし、冒険者ギルドもお客さんに聞くところによると非常にピリピリして厳戒態勢にあるらしい。

冒険者ギルドの職員さんは、過去の資料とかも調べ始めているという。

さて、うまく事態を収拾することができるか、私たちのような錬金術師に掛かっているといっても過言ではないかもしれない。

「粉末製造機を改良して、粉石けん製造機を作りたいんだ。エミルちゃん、頼めるかな？」

「はいデス、師匠！　師匠のお願いなら頑張りマス」

「分かった。じゃあ一緒にやろうか」

「はいっ」

手洗いの効果を高めるため、石けんの製造が急務だ。

そこで少し前に作った粉末製造機を改良して、液体状の原料を投入すると粉石けんにしてくれるようなものを作りたい。

粉石けんは手洗いの際に少量つけて水で擦ると、泡が出て手を殺菌してくれる。

原料は油と中和剤と中級ポーションで、通常の体を洗うときに使う石けんとは異なる、薬用石けんと言われるようなものを作るつもりだ。特に中級ポーションを使うことで効果を高める狙いがある。

「ポーションを粉にするなんて難しいデスよね」

粉末製造機を見ながら、うーんと悩むエミルちゃん。

うまくいかないとただのドロドロができたり、効果が乾燥で飛んでしまったりする。

「普通ならね。でも錬金術ならなんとかできるはず」

「そうデスね、師匠」

エミルちゃんと二人で図面を見つつ、ああでもないこうでもないと考えをめぐらす。

なんとか設計が形になったので、木枠から作っていく。

そうして一晩、徹夜になってしまったけれど完成した。

「みなさん、できマシタ――粉石けん製造機デス」

「「おぉぉおぉ」」

「エミルちゃん、やった、やったね」

さっそく試運転だ。

中級ポーションなどの材料を投入して魔道具のスイッチを入れると、ぶううううんと可動部が回転を始める。

しばらくすると下から乾燥した白い粉がぱらぱらと落ちてくる。手に取って見てみると、ポーションの効果もちゃんと残っている。

「やったあああ」

「いやっほおおおおおデーース」

みんなで手を取り合ってよろこぶ。しかし呑気にはしていられない。

粉石けんをどんどん生産しなければならない。


赤紋病予防用の粉石けんが、王都中に行き渡るように急いだ。

粉石けん製造機は何台か用意して、他の錬金術店でも粉石けんを作ってもらう。

中級ポーションの製造ができるところなら、粉石けんの量産もできる。

粉石けんや手洗いうがいの徹底などで感染は抑えられているかもしれないが、それでも着実に感染者は増えていた。

再びボロランさんと病院に様子を見に行った。

「ぽ、ポーションを……」

「薬、薬はないのか」

すでに感染した患者たちがベッドで苦しんでいた。ポーションで多少は症状を抑えているものの、そこからは患者の体力に任せるしかなく、打てる手がないようだった。今のところ完治した患者もいないという。

「さらに効果の高いポーションがあれば、例えば幻と言われている『特級ポーション』とか……」

「ああ、そうですよね」

「うむむ」

疲労の色が見える医師の説明に、ボロランさんが渋い表情をする。特級ポーションを作ることができるのは、恐らく王都では私しかいない。

「ボロランさん、うちで特級ポーション、試作してみます。もし成功したら、材料を集めてください」

「ああ、分かった。それしか手はなさそうだ」

特級ポーションの材料は、実はほとんど揃っている。

ただ裏庭に植えたユグドラシルの木は、まだ小さい。葉っぱを採ってもポーション二本分くらいにしかならないだろう。

量産するとなるとメホリック商業ギルドのユグドラシルの木がついに、必要になりそうだ。


予防のために私たちができることはやった。

だから次は感染者の治療方法を確保する。

「みんな、今から特級ポーションを作ります」

お店に帰って開口一番、みんなに宣言する。

「あ、はい……え?」

「先生、本当ですか」

「今、特級ポーションって言いマシタ」

「うん、ついに必要な時が来たんだよ」

呆気にとられるみんなの顔を見ながら、私は力強く頷いた。

材料は、夏にベンジャミン湖で採ってきたアル草。

それからホーランド商業ギルド経由で買った、ちょっとお高い乾燥メルド草。

下処理には代用品だけどボブベリーも使う。さらに、魔力の実。そして、一番大事なのがユグドラシルの葉っぱ。これには代用品がない。

緊急で時間もないので、とりあえず裏庭のまだ小さいユグドラシルの木から葉っぱを採る。

「ごめんね。少し葉っぱをください」

一言断ってから、なるべく古そうな下の葉っぱを中心に十枚ほど収穫した。

これ以上採ったら枯れてしまうかもしれない。


これらの材料を古から伝わる秘伝の方法で錬成していく。

もちろん弟子であるシャロちゃんと、専属メイドのマリーちゃんにも手順を見せる。

それからエミルちゃんにも。

「実はね、材料の下処理にはあの粉末製造機が必要でね」

「そうなんデスか？」

エミルちゃんも目を丸くしてびっくりしている。粉末製造機がない場合は、ユグドラシルの葉っぱを天日で乾燥させる必要があるのだ。

「これがないと量産するのが難しいんだよ」

「作ってよかったデス。私も役に立ったデス」

「もちろん！」

「きゅっきゅっ」

ポムも応援してくれる。

そんなポムを撫でると、気分が少し落ち着いてきた。これなら集中して作業をできそうだ。

まずはユグドラシルの葉っぱを、粉末製造機に投入して粉末化していく。

このまま飲んでも多少効果があるユグドラシル茶になる。

ユグドラシル粉末と乾燥メルド草を、沸騰した精製水に入れてかき混ぜていく。

順番に他の材料も加えていき、最後に魔力を注入する。

この魔力の量は今まで作ってきたポーションとは比べものにならない量で、王都でこれだけの魔力を注げるのは私とシャロちゃんくらいではないだろうか。

そしてやはり最後にピカッと光る。

全工程を終えると、赤い色の液体が出来上がっていた。

「ふう。これで、完成」

通常のヒーリングポーションが緑、青系統の色なので、それと比べると異様だ。

でもこの赤い色が特級ポーションの特徴といえる。

「これが、特級ポーション……」

シャロちゃんがぽつりと言った。

みんなが赤い液体をじっと見ている。

含有魔力量はかなりのものだが、問題はこれが赤紋病に効くかどうか、まだ不明ということだ。

完成品は、ポーション瓶で二本分。

メホリック系列病院に行き、患者の中でも特に重症そうな人に飲ませてみる。

「さぁ、特級ポーションですよ。どうぞ飲んで」

「うっ、ポーション」

特級ポーションを患者の口に流し込む。

すると、みるみるうちに顔色がよくなっていく。顔に浮かんでいた赤い斑点も薄くなり、消えていった。

熱も下がってきたようで、測ってみたら平熱だった。

「すごい。錬金術師様、ありがとうございます」

「ふむ、さすが特級ポーションですね。まさかここまでとは……」

赤紋病が治った患者はしきりに私にお礼を言ってくれる。医師も特級ポーションの効果に驚いているようだった。

とにかくこうして、特級ポーションが赤紋病に効くことが証明された。

しかし患者はまだまだいて、現状では完治のためには特級ポーションが必要だ。

ユグドラシルの葉っぱは、もう手元から出すわけにはいかない。

「ボロランさん、葉っぱを」

「ああ、いいですぞ」

もちろん、メホリックのボロランさんにお願いする。

要望はすんなり受け入れられた。以前、話した通りだ。

メホリック商業ギルドの裏庭に移動した。

そこにはメホリックで受け継がれているユグドラシルの木が生えている。

黙礼し、木に祈りを捧げる。

「ユグドラシルの木。伝染病対策のポーション作製のため、葉っぱをいただきます」

病院にいた患者の人数分のポーションを作れるだけ、葉っぱを採る。

貴重な葉っぱだから、採りすぎて無駄にするわけにもいかない。ということでちょっと手間は掛かるけど、必要な分だけ毎回採取するということにボロランさんと決めた。

「よし、さっそく作りに帰ります」

「ここで作ってもいいですぞ?」

「いえ、使い慣れた道具と場所のほうが、やりやすいので」

「そうか、では護衛を付けます」

「護衛ですか?」

「ええ、それだけのものをお持ちになるのです」

「分かりました。よろしくお願いします」

鎧を着こんだメホリックの護衛が何人か私についてくる。

確かに今、この都市で一番重要なものを輸送している。

幸い何事もなく店に戻ることができたので、ポーションの量産を急いだ。

「そうそう、シャロちゃんにも作ってもらうから」

「うっ、はい! 頑張ります」

「上級ポーションができるなら、たぶん大丈夫だよ」

「そうだといいですね」

二人して錬金釜を並べて特級ポーションを作っていく。

シャロちゃんは真剣な表情で作業をしていた。

「ねーるねるね、ねるねるね、ですね」

「そ、そのリズムで一定に、均一にだよ」

「はいっ」

私と一緒にシャロちゃんも頑張って、二人でなんとか四十本の特級ポーションを完成させた。それらをメホリックの人に運搬してもらう。

「先生！　やりました」

「うんうん、やったね」

これで病院にいる残りの患者さんたちにも特級ポーションが届いたはずだ。

ほっと胸をなでおろす。

ただよろこんでばかりもいられない。明日もたくさんの感染者が病院に運ばれるだろう。

私たちにできるのはこれくらいしかないから、全力で取り組んだ。


そして翌日。必要な特級ポーションの数の確認と葉っぱの採取のために、メホリックに行った。

しかしボロランさんの発言は意外なものだった。

「すまない、ミレーユ嬢。これ以上、メホリックのユグドラシルの葉っぱは採取できなくなった。本当にすまない」

あのボロランさんが、私に深く頭を下げる。

目には涙を湛えていて、悲しみが見える。この発言が彼の本意ではないということを示していた。

「ワシはね。メホリックのナンバースリーなんだ」

「あぁつまり、ワンとツーが」

「そういうことだ。上からの命令だ。それもギルドの中では最高ランクの命令だった。メホリックのユグドラシルの葉っぱを、ホーランドの錬金術師に使わせるわけにはいかない、そうだ」

「そんな、こと」

今の状況でギルドの派閥がどうとか、言っている場合ではないはずなのに。

どうにか感染を広げないように努力しているが、感染者数は右肩上がりだ。

このままでは『パンデミック』になってしまう。

薬も大量にいるはずなのに、材料の葉っぱがなければ、錬金術師は無力だ。

「私が聖女様だったら、自分の魔力だけで、治せたかもしれないのに」

「そんなことを言ってはいけません。あなたはすでに聖女のそれに匹敵する仕事をしています。錬金術師として」

「でも、このままでは」

「そうですね。新たな感染者の報告も続々と上がっています。さらに死者が増えることは避けられないでしょう」

私とボロランさんはホーランド商業ギルドに向かった。救援要請と相談のためだった。

メホリックの上層部はもはや使い物にならない。

「メイラさん、メイラさん、メイラさん」

私はギルドに駆け込むと、急いでメイラさんを呼び出す。

「どうした？　ってこの状況では仕方ないか。緊急事態か？」

「はい」

メイラさんは私たちの表情から察したのか、いつになく真剣な顔をしている。

私は先程までの出来事をかいつまんで説明する。

「——つまり、ユグドラシルの葉っぱが今すぐ大量に必要だと」

「そうです、そういうことです。理解が早くて助かります」

「しかしユグドラシルの木自体が、その辺に生えていない」

「そうなんです」

「あとは、王宮の世界樹くらいか……って、そうか『世界樹』か」

「あっ、そうですね。そうですよ、王宮の世界樹！」

忘れていた。王宮にも世界樹と呼ばれるユグドラシルが生えている。メホリックに生えているユグドラシルの親木だ。

あの木はものすごく大きいから、葉っぱ取り放題とは言わなくても、必要な枚数は確保できるはず。

「では、王様に直談判というやつだね」

「えっ、あ、はい」

「そうと決まれば今すぐ行くよ。緊急事態だからね」

メイラさんが不敵に笑う。強い女って感じでかっこいい。

私とボロランさん、そしてメイラさんの三人で、王宮に向かって馬車を飛ばす。

王様と面会するには、通常は手紙を出して予約する必要があるのだけど、今は一刻を争う。

今この瞬間にも、特級ポーションが必要なのだ。

馬車は王都内を駆け抜け、王宮の門前に到着した。メイラさんが急いで王宮の門番に話をする。

「――ということでして」

「分かりました。すぐ連絡します」

私たちは王様と会うことができそうだった。

さて王様はどんな人なのか。

頑固じじいで「許さん、ユグドラシルの葉っぱを採ることはできん」と突っぱねられたらどうしよう。

王宮の中に入れてもらい、待合室に通された。

さすが王宮、待合室も豪華できらびやかに装飾してある。

魔道ランプが壁についていて輝きを放っている。

待合室ではしばらく誰も話さず静かだった。

お茶が出てきたけど、そんなものをのんびり飲んでいる雰囲気ではない。

ずずずっ。しまった、つい喉が渇いて。

「あっ、このお茶、美味しい」

「ふむ。これは？」

「これは私たちホーランドが新しく仕入れた、東方の最高級紅茶ですね」

なるほど。自慢げな表情のメイラさんに対して、ちょっとボロランさんが渋い顔をする。ライバル意識か。

王宮での接待用のお茶、ホーランドの勝ち。って今、勝ち負けを競っている場合じゃないのに。

「今は、そういうのなしでお願いします」

「ああ」

「すまん」

二人とも理解はしてくれた。まあ、ずっとライバルとしてやってきたんだもんね。仕方ないか。

待合室にノックの音が響き、執事が入ってくる。

「お客様。王様がお会いになるそうです」

やった！　希望はつながった。

ジャンプしたい気持ちをそっと心にしまって大人しくすると、今度は緊張してきた。

さて、最後は頑固じじいでないことにかかっている。

祈るように謁見の間に移動した。

◇

ルクシリス・ド・ミルド・トラスティア。

それがトラスティア王国の国王である彼の名前だった。

年齢は四十歳そこそこだろうか。まあまあのイケメン。ひげが生えている。

中肉中背で、金髪の髪の毛は癖っ毛なのかウェーブヘアだった。

あまり興味はないけど、いかにもそれっぽい人というのが第一印象。

どことなく王の威厳は感じる。

玉座の前に私たちが進むと、謁見が始まった。

「それでホーランド、メホリック両商業ギルドの重役、および火事やポーションなどで活躍したという錬金術師のミレーユ嬢で、相違ないかな」

「はい」

王様の言葉に合わせて、私たちは頭を下げる。

「楽にしていい。それで緊急の陳情とは、なんだろうか」

「実はですね。王都では今、赤紋病というものが流行しつつあります。その特効薬に特級ポーションがなんとしても必要なのです。しかしその材料となる、ユグドラシルの木、その葉っぱが足りず、王宮の世界樹の葉が欲しいのです」

メイラさんが緊張気味に発言をした。

「世界樹の葉か」

「はい」

王様は斜め上の方を見て、ぼうっとする。

右手で顎を撫でながら考えているようだ。

「ユグドラシルの木は、王家の世界樹の他に、メホリックの中庭にあるということはワシだって知っているが」

「ははぁ」

「なぜそれを使わない」

私たちは再び頭を下げる。まったくの正論。そしてさすが王様、メホリックにもユグドラシルの木があるということをちゃんと知っていた。

「実は採取にメホリックのナンバーワンとツーの二人が反対していまして。私はナンバースリーなので逆らうことはできません。仕方がなしに最後の望みとして、ここに陳情に来ました。この首一つで王都が救われるなら安いものです」

ボロランさんの言葉に、私は思わず彼の方を見てしまう。

メホリックにユグドラシルはあるのに、それを使うことができない。だから王様に直接頼みに来たなんて、不敬もいいところだ。

ボロランさんは自分の首をかける覚悟で、ここまで来た。そしてそれは、王宮に来ることを提案したメイラさんも同様なのだろう。

二人の真剣な眼差しが、しばらく王様へと注がれる。

「そうか。メホリックのナンバーワンとツー、誰だったかな」

「ゲイドルドとバーモントです」

あーあ。どうなっても知らないんだ。

「ゲイドルドとバーモントだな、ふむ。覚えておこう。侍従長、記録に残すように」

どうやら、首が飛びそうなのは上の二人のほうみたい。

「それに患者の数はまだ増えます。メホリックの木だけでは、葉っぱが足りない可能性もあります」

「ふむ、そうか。致し方なし、か」

「はい」

「分かった。必要な分だけは、採取を許そう」

「「「ありがとうございます」」」

三人で深々と頭を下げる。ふう。王様が理解ある人でよかった。


謁見が終わり、メイドさんに連れられて移動する。

横を見るとボロランさんが首をさすっている。さすがに縛り首は嫌だもんね。

王宮のだだっ広い裏庭に出ると、巨大な木が目の前に現れた。

世界樹と呼ばれているユグドラシルの木だった。

高さはえっと、普通の木の倍、五十メートルくらいだろうか。

いやあ、計測不能というかめちゃくちゃ高いことだけは確かだ。

近づいていくと、その大きさに圧倒される。

「これが世界樹」

下から見上げる。これどうやって葉っぱ採るの。

呆然と見上げていたら、庭師がハシゴを持ってきた。

「すみません。葉っぱ。千枚くらいください」

「千枚、ですか？」

庭師がオウム返ししてくる。何度も王宮に葉っぱを採りに来るわけにもいかないから、まとまった量をいただくことになった。世界樹の大きさ的に、千枚くらいなら採取しても全く問題ないだろうということだった。

「はい。王様の許可は取りました」

私がニッコリと笑顔で答えると、庭師も引きつった顔で了承した。

採取作業は庭師の人がやってくれる。木に登ってひたすら葉っぱを採る。

私たちもメイドさんたちと合同で、次々と葉っぱを麻袋に詰めていく。

そうしてなんとか葉っぱを回収した。これが世界樹、神の木。

その力の一部を私たちがいただくんだ。

手に汗握るというか、霊験あらたかというか。

その重圧を今更感じる。

馬車でうちまで送ってもらって、他の材料もメホリックとホーランドから分けてもらう。

そこからは気の遠くなるような錬成作業が待っている。しかも特級ポーションだから、使用魔力量も段違いに多い。

私でも量産していったら魔力量がぎりぎりかもしれない。しかし、今はやらなければならない。

それに私は一人じゃない。

「さて、ではシャロちゃんにも、もっとやってもらうから覚悟をしてね」

「はいっ」

シャロちゃんも私の隣で、ぐるぐると錬金釜を必死に混ぜて魔力を注いだ。

シャロちゃんは私より魔力量は少ないけれど、王都ではトップクラスに魔力量が多い。

今はまだ学ばなければならないことも多いけど、その潜在能力に期待している。

私とシャロちゃんが全力を出す必要があるのは、たぶんこれきりくらいだろう。

それくらい大量の魔力が必要とされていた。

今まで頑張ってきたんだ。

私たちならできる。そう信じてる。

助手はマリーちゃんと、エミルちゃんにもお願いする。

「では、力を合わせて、頑張りまっしょい」

「「「おーお」」」

私たちは、私たちにしかできない特級ポーションの量産に励むのだった。

その後、王都では赤紋病が流行したものの、粉石けんと特級ポーションの普及により、死亡者数を初期の数名で抑えることができた。

市民には厳しいお触れが出て、手洗いうがいを徹底し、外出を控える対策が取られた。

その努力の甲斐あって感染の流行はピークを過ぎ、感染者数は日に日に減って、ついにその流行は止まった。

こうして未曽有の赤紋病の大流行はなんとか抑えられたのだった。

# 26章　新年休暇だよ

赤紋病の流行も終わり、バタバタしているうちに新年休暇が近づいてくる。

年末年始は病院や教会の診療も休暇になってしまうため、その前に赤紋病が収束して本当によかった。

年末年始の一週間はみんなお休みだ。

ただ教会だけは、毎日儀式があって忙しかったりする。

王都では、冬至から始まる年末年始のお祭りをずっとやっている。冬至は十二月二十二日だから、なんと二週間くらいお祭りの期間があるのだ。

町ではいろいろな飾りつけがされて、とても賑わっていた。

気温は一桁まで下がるのに、みんな厚着をして町を探索したりしている。

ちなみに王都ではこの期間、王宮の裏庭が開放されてユグドラシルを参拝することができるようになる。そのため多くの参拝客で裏庭は賑わう。

世界一の木、神の木はみんなの信仰の対象にされているんだ。

私たちは年内最後の日曜日に参拝に行くことになった。

四人で並んで王宮の裏庭へと続く道を歩いていく。

「すごい、もう木のてっぺん見えてますね」

「うんうん」

マリーちゃんが、王宮の建物の上から突き出ている木のてっぺんを見ていた。

あれがユグドラシルだ。

ぐるっと王宮を迂回して裏側にくると、その全貌が見える。

「相変わらず、すごく大きいですねぇ」

シャロちゃんもその巨大さに圧倒されたのか、目を大きく見開いていた。

「でっかいデス。でっかい」

エミルちゃんも木のてっぺんを見上げて、それが思った以上に高かったせいか、首の角度がとんでもないことになっていた。

「世界樹。ユグドラシル。神の木……」

私は記憶をたどってぽつりとこぼす。

「世界最大の木なんですよね？」

マリーちゃんが再確認してくる。

「そうだよ。創世の神の木だね」

裏庭は木の根元近くまで入れるようになっていた。

何人も警備の騎士さんが立っていて、異常がないか見張っている。

少し緊張感が漂う中、みんなで頭を下げた。

「先日はありがとうございました」

「「「ありがとうございました」」」

私たちはこの木に助けられたのだ。ここにいる四人だけでなく、王都の人間全員が。

ユグドラシルは、世界が出来たその日から私たちを見守ってくれている。

なんだか神聖な気がして、おめでたいというか、感謝の気持ちでいっぱいだった。

仕事納めの最後の日。今日は年末だからか、お客さんもまばらだった。

「それじゃあ、マリーちゃん」

「はい、ミレーユさん。今年もお世話になりました。来年もよろしくお願いします」

「えっと、エミルちゃんもだね。また来年」

「はい、師匠（ししょう）。今年はありがとうございマシタ。来年もお願いしマス」

「うんうん、じゃあね」

店の前まで出て二人を見送る。

「さてシャロちゃん。秋休みに一度お邪魔（じゃま）したけど、またシャロちゃんちだね」

「はい、先生。もちろん大歓迎（かんげい）です。みんなをまた鍛（きた）えてください」

「あはは、お手柔（てやわ）らかに」

「それはみんなの台詞（せりふ）ですよ。先生、意外とスパルタだから」

「まあね。ねるねる街道（かいどう）は険しいのだ」

「ですよね」

シャロちゃんと寒空の下、手をつないで歩く。

つないでいる手はとても温かくて、ほっこりする。

私たちの後ろには、ポムがポンポンと跳ねながらついてくる。

「着きました」

「うん、シャロちゃんち、いつ見ても大きいね」

「古いお店ですもん」

「老舗だね、老舗」

お客さんも何人か出入りしているのが見えた。

その裏にあるシャロちゃんのおうちのほうへと進んでいく。

その途中にあるスペースに、薬草が生えていた。

「あれ、ここ薬草畑だったっけ」

「いえ、前回帰ってきたときに植えたんです」

「そっか。やっぱり家にあると、なんとなくいいよね」

「はい」

普段使っているものは全部買い入れているものだけど、もし購入できなくなったら怖い。

家で少しでも作っていると安心なのだろう。

「あと、家庭菜園っていうのもいいなと思って」

「そうそう」

「さあ、入りましょう」

「お邪魔します」

シャロちゃんちの中に入れてもらう。

またお兄さんとお父さん、お母さんに挨拶(あいさつ)を済ませる。

今度は弟子(でし)の人たちからも歓迎を受ける。

「今年はミレーユ先生もいて心強い。いろいろ教わろう」

「そりゃそうだ」

「ミレーユ先生、万歳(ばんざい)」

「「万歳」」

なぜか私が大歓迎を受けていた。

悪い気分ではない。

さて夕ご飯の時間になった。

大人にはワインが振(ふ)る舞(ま)われるけれど、私たちはジンジャーエールだ。

「年末なのでお団子ですね」

「そっか、こっちでもそうなんだね」

「はい」

年末の食べ物といえば小麦団子だった。

小麦粉を水と練って作ったものだ。ジャガイモも入れる。

モチモチして美味しい。甘辛の味噌味になっている。

これを焼いて食べるとお焦げが芳ばしいんだ。

「おいち」

「もう、子供みたいに」

「だって美味しいんだもん。もぐもぐ」

口いっぱいに小麦団子を頬張っていたら、シャロちゃんに笑われた。

毎年この時期に食べる小麦団子が好きだったんだよ。


そして年が変わる夜。

ゴーン、ゴーン、ゴーン……。

普段は鳴らない教会の深夜の鐘だ。

ちょうど十二時なので十二回鳴らすことが決まっている。

それを家で家族と聞きながら過ごす。

これが新年を迎えた贅沢な夜の過ごし方なんだって。

「鐘、鳴ってるね」

「はい、先生」

「あけましておめでとうございます。シャロちゃん」

「あけましておめでとうございます。ミレーユ先生」

お互いにぺこぺこと頭を下げる。

「ふふふ、今年は賑やかだから私はうれしい」

「先生もですか。ワタシもです」

「シャロちゃん、ありがとう」

「ううん。ワタシこそ、ありがとうございます」

こうして鐘の音を聞いたら、お布団に入るのだ。

客間に戻ってポムと一緒に寝る。

さてどんな夢が見られるだろうか。

「おはようございます」

「おはようございます。先生。ワタシはなんだか楽しい夢を見ました」

「そっか、それはよかったね」

「はいっ。先生は？」

「私は、なんかぐっすりで何も覚えていない」

「ははは、先生らしいや」

「ふふふ」

新年の一月一日。
朝ご飯だ。この国では新年の朝ご飯はメニューが決まっている。パスタだ。
年末年始はパン屋さんがやっていないので、乾麺を食べるというのが習慣化したのだ。
特に比較的簡単にできるペペロンチーノが新年のご飯の定番だった。
ソースにはオリーブオイルにニンニク、トウガラシ、小さくした干し肉を入れてある。
それにパスタを絡めて食べる。
「うまうま」
「ふふ、美味しいですね」
みんなでパスタを食べる。
怖いのはここからで、なんと今日は三食パスタ。ペペロンチーノだ。
なんでそうなっちゃったのかは知らないけど、そういうものなんだ。
美味しいからいいけどね。これがやっぱり正月という感じがする。
この国や周辺国ならどこへ行っても一緒らしい。
ハシユリ村と一緒で懐かしい。
「はい、お年玉」
シャロちゃんには先にお年玉をあげた。
マリーちゃんとエミルちゃんは休暇が終わったらあげる予定だ。

「あ、ありがとうございます……」

「奮発しちゃった」

「ですよね。ですよね。金貨なんて」

「うん。せっかくおめでたいから」

「うれしいです」

寄付もそうだったんだけど、なんと新年のお年玉って正式には金貨をあげるんだって。

だからそれに倣って金貨一枚を進呈。

そこそこ大金だから感激してくれたようで、よかった。

そんな感じにのんびりして、弟子たちをしごいて新年休暇を過ごした。


それから数日後、休暇が明けてお店も再開した。

「マリーちゃん、あけおめ」

「あけましておめでとうございます。ミレーユさん」

「はい、お年玉」

「わわ、金貨！　いいんですか？」

「うん。シャロちゃんにはもうあげちゃった」

「そうですか、ありがとうございます」

マリーちゃんは両手で金貨の入った封筒を握りしめている。

金貨だもんね、金貨。

仕事で扱うこともあるけれど、自分のお金じゃないし、やっぱり貰えるとうれしい。

「あけおめ、エミルちゃん」

「あけましておめでとうございマス。ミレーユ師匠」

「はい、エミルちゃんにもお年玉」

「ありがとうございマス。うれしいデス」

エミルちゃんも感動したのか、金貨を見つめながら目がウルウルしていた。

うれしいよね、金貨のボーナスなんて。

連休明けなのでポーションはいつもより多めに準備する。


「こんにちは。ミレーユ錬金術調薬店、開店です。あけましておめでとうございます」

「店長、あけおめ」

「あけまして、おめでとうございます」

昼の開店からさっそく挨拶に来てくれた常連客などもいた。

「七草粥フェアやってます」

「そっか、錬金術店だもんねぇ」

「そうですよ。どうですか？」

「じゃあ、一つくださいな」

そうそう、正月が終わると七日前後に薬草の麦粥を食べる文化があるのだ。

薬草といえば錬金術店なので、もちろん取り扱う。

王都ではモリス草とレモンバームを入れるようだ。

レモンバームは少し酸っぱい匂いがして、お粥に入れるとさっぱりした風味になって美味しい。

それに小さく刻んだ干し肉を入れると、さらにいい感じに仕上がる。

さっきお昼にみんなで試食をしてみたら好評だった。

麦粥は風邪の時なんかに食べたりするけれど、そこまで食べる機会はないかもしれない。

低所得者層だとパンのほうが高級品なので、毎日のように麦粥を食べるという家庭も多いみたいだけど。

お粥なら嵩増しができるもんね。

何はともあれ、そんな感じで王都での年末年始は過ぎていった。

# 27章　名誉女男爵だよ

赤紋病の流行から新年を挟んで三か月。

錬金術店は落ち着きを取り戻して、なんとか黒字経営でやっている。

いつも通り店を開けていると、いつか見た黒塗りの馬車が錬金術店の前に停まる。

そしてまた執事みたいな人がやってきた。

「お手紙をお持ちしました」

「はいはーい」

手紙を開くと、そこには私を名誉女男爵に認定すると書かれていた。

爵位の授与は基本的に王家のみが行える。

一番爵位の低い騎士爵なら各領地の貴族が与えることができるけど、それとは明らかな差がある。

それから爵位の授与式の日取りが書いてあって、一緒に支度金として少なくない金貨が入っていた。

ドレスを仕立てろということだろう。

三等市民勲章の授与式の時はメイド服だったんだっけ。

さすがに王様の前でメイド服というわけにはいかないか。

こういうの好きだけど面倒なんだよね。

服屋さんカマランチンに行ってドレスを作った。色は勧められるがまま薄ピンク。

若い淑女にぴったりの令嬢っぽいやつ。

貴族の間で流行のコルセットタイプではなく、ハイウェストのワンピースタイプにしてもらった。

お腹が苦しいのは勘弁願いたい。


あっという間に当日になった。

ドレスを着て、今回はシャロちゃんとマリーちゃんとエミルちゃんの三人を連れて、王宮に馬車で向かう。

三人はお付きなのでメイド服でいいんだって。なにそれずるい。

とにかく授与式が始まった。床に敷いてあるいかにも高そうな赤い絨毯は、王宮の標準装備だ。

王様も金の刺繍の入った豪華な衣装だ。

他にも名誉男爵になる人が数人いるようで、順番に呼ばれている。

そして私の番が回ってきた。

胸には今日の主役を意味するバラの花のブローチをつけていた。

めちゃくちゃ目立つので恐縮してしまう。

「ミレーユ・バリスタット嬢を、トラスティア王国名誉女男爵に認定する」

パチパチパチパチ。

王様の前まで進み出て書状を受け取ると、拍手が巻き起こった。知り合いも結構来てくれている。

そうそう、メホリックのワンツーであるゲイドルドさんとバーモントさんは失脚して、引退を余儀なくされた。

首が飛ばなかっただけでも、王様は優しいんだそうだ。

今はボロランさんが暫定で事実上のトップをしている。今日も来てくれているけど、忙しいと聞く。

メイラさんは相変わらず、女性なのをものともせず敏腕でブイブイ言わせている。

ランダーソンさんも参加してくれていた。今日は警備ではなく貴族として出席しているようだった。

もちろん、シャロちゃんとマリーちゃんとエミルちゃんの三人からも、たくさんの拍手と笑顔をもらった。

授与式の後は、立食形式のパーティーが催された。それもダンスのあるタイプ。

あちこちに円テーブルが置いてあるけれど椅子はない。

テーブル上に様々な高級料理が並べられていた。それを取り分けて食べるのだ。

中央はダンスのために空けられている。

音楽はバイオリン、ビオラ、フルートといった伝統楽器による管弦楽団が演奏してくれる。

伝統楽器って魔道具ではないのに大きな音が出せるように工夫されていて、とても不思議だ。

最近は増幅器を魔道具に置き換えた簡易タイプも出回るようになっているものの、まだまだミーハーの遊び用に近い。

さすがに王宮の管弦楽団ではそのようなものは見られない。

「ミレーユ嬢、お美しい……是非ダンスを」

ふむふむと楽器を観察していたところ声を掛けられた。

うっひょっひょ。ダンスなんて自信ないんだけど。

なるべくひっそりと壁の花でいようと思ったのだけど、ちょっと難しそうだ。

貴族の人もたくさん参加していて慣れているのか、私は何度もダンスに誘われた。

なるべくお断りしつつ、どうしてもという場合には、へっぽこダンスを踊ったよ。ちくせう。

でも最初の数人だけかな、踊ったのは。

その後は美味しい料理もいただいた。

お肉は美味しいし、チーズもサラダもデザートも、なんでも最上級だ。

ワイバーンのローストビーフは特に絶品で、三回はお代わりしちゃった。

それから唐揚げ。魔物肉の唐揚げみたいなんだけど、外はサクサク、中はジューシーでとっても美味しい。

あとはあれあれ、ハンバーグ。デミグラスソースの一口ハンバーグがたくさんあったので、何個も取って食べちゃった。

柔らかくて旨味があってとっても美味しかった。

飲み物はもちろんジンジャーエールで。

後半はダンスを回避した分、めちゃくちゃ食べた。お腹はもうぽんぽこぽん。

本当にコルセットタイプにしなくてよかった。お肉が食べられて幸せだ。

私が着飾ってもいいことなんかないのに、みんなしてコルセットタイプのドレスを着せようとしてくるから参った参った。

そんなことを考えながらダンスの誘いから逃げるようにテラスに出たら、なんとそこには、王様がいた。

暗い空の下、大きな月のあかりが幻想的だった。風が気持ちいい。

王様はワイングラスを片手に、庭を見ていた。そこにあるのはユグドラシルの木、世界樹だ。

私に気付いた王様が、グラスを軽く上げて挨拶してくる。私は頭を下げて、返礼をする。

私の手にはやはり何杯目かのジンジャーエールがあった。炭酸がシュワシュワしている。

この一見シャンパンかと見間違えるようなゴールドの色合いは結構気に入っている。

「ミレーユ男爵、どうだね？」

「どうと言われましても」

「今は名誉女男爵だが、上を目指さないか。伯爵くらい」

「はあ？　伯爵？」

「そうだ。ホラを吹く趣味はない。本当だ」

「私なんかに」

私がそう言うと、王様はふっと軽く笑う。

「綺麗な金髪、ちょっと尖った耳。ワシには分かる。最初は信じがたかったが、それは」

「あ、はい」

私は観念する。ばれてーら。さすがに王族なら知ってるか。

「エルフ族の末裔、だな？」

「ええ、そうです」

王様が右手を胸に当て、恭しく礼をしてくる。

エルフ族はその昔、国の繁栄に大きく貢献したという、今となっては幻の種族なのだ。

強大な魔力を操り、魔術師としてはもちろん、錬金術師としても活躍してきた。

だから王家やそれに連なる貴族は、エルフ族を尊敬しているらしい。

そのエルフの血を引くのが私。

「そうだ、王様。男爵位ありがとうございました」

私はもう一度頭を下げる。

「どうした、そんなに改まって」

「せっかくのお近づきの印に、あの、ミスリルの短剣を」

ドレスの隠しポケットから懐刀として持っていたミスリルの短剣を取り出し、王様に渡す。

「はっ、い、今、なんと」

「ミスリルの短剣です」

「まさか新しく作ったのか？　嘘ではないのか。いやでもエルフ様だったか、はぁ」

王様まで呆れるほどなのかこれ。

でもその顔はまさしく呆れた顔をしていて、目は口ほどに物を言うっていうのはこういうことを言うのだろう。

うん、自分用はあとでもう一個製造しておこう。

「確かに、頂戴いたしました。これはまたお礼を考えねばな」

「お礼にお礼を返していたら、ずっと続いてしまいますよ、ふふふ」

「それもそうだが、これは」

王様は難しそうな顔をして悩んでいた。

うむ、しかしとか言っている。

しばらく悩んだ後、王様は短剣を鞘から抜いて、その美しい刃先を王様が月に照らして眺め出した。

そしてそっとしまって一度頷く。

「その能力も素晴らしいが、その血も捨てがたい。ワシは見つけてしまった宝石を、野に放ったままにしておくことができない立場だ」

「そうですか」

「しかし、優先されるべきは本人の意思だろう。好きに生きていいぞ」

「ありがとうございます」

「ちなみに、このミスリルの短剣、国宝級の価値があるのだが分かっているか？　しかも製造できるのだろう？」

「いえ、国宝級なんてとんでもないです。材料さえあれば作れるんですから」

「はぁ、そ、そうか」

王様は私の正体を見抜いてもなお寛容だった。大変ありがたい。

「とりあえずは、当分は今の女の子四人の生活を満喫します」

「そうしてくれ」

これから先、なにが待っているか分からないけど、錬金術店は続けられそうだ。

今の生活に不満はない。

マリーちゃんとシャロちゃんとエミルちゃんは、かわいいし、大好きだし。

ボロランさんとメイラさんにはよくしてもらっている。

「では、先に失礼する」

「はい、では」

王様は部屋の中へ戻ってしまった。すれ違ったとき、その顔は悪戯小僧みたいに笑っていた。

他人に言えない秘密を共有している状況を楽しんでいる、そんな顔に見えた。

王様がいなくなってテラスで一人になる。

「今の自分に、乾杯」

私も一人で乾杯する。

王都に出てきて最初は不安だったけど、この先もこの都市で生活できそうだ。

それからパーティーはお開きとなった。

馬車で錬金術店まで送ってもらい、シャロちゃんとベッドで眠る。

ダンスもさせられたけど、やっぱり女の子だけの世界は最高だなぁ。

やっと重苦しいものが終わり、いい気分で眠ることができた。

◇

夢の薬「特級ポーション」。

あれから中上級ポーション、通称ポムポーションでは治らない病気や怪我などで苦しんでいる人から、特級ポーションを買えないか問い合わせがあった。

そのため本当にどうしても必要な人には、ボロランさんの計らいで、中上級ポーションと同程度の値段で販売されることになった。

使うのは王家の世界樹ではなく、メホリック商業ギルドの裏庭の木のものだ。

貴族からはストックが欲しいと言われたけど、ポーションは二週間しか効果が持たないため、ずっと保管するのは無理ですよ、と言ったら諦めていった。

残念ながら、現在のレシピの特級ポーションでも、四肢の欠損などは治らない。

そういうものに効果があるとされる本当の秘薬、エリクサーという霊薬もあるとされている。

作ったことはない。が、レシピとされるものは暗記している。

世界樹の葉、ユニコーンの角、妖精の鱗粉、精霊水、聖女の血、他にも必要とされるものがいくつかあるらしい。

他にも聞いたことがない草など、どれもこれも実際に入手するのは困難なものばかりなようだった。


そんな話も交えつつ、メホリックでボロランさんとお茶を飲む。

特級ポーションの件も含め、いろいろと情報交換をする必要があるので、最近は定期的に訪ねている。


「紅茶、美味しい」

「そうですな」

紳士風のボロランさん。

しかしこのギルドの内部、私たちがお茶を飲んでいる後ろでは、白黒メイド服の幼い少女たちが働いている。

胸を強調するデザイン、ミニスカート。ちょっとエッチだと思う。

それを見て、満足そうに頷くボロランさん。ちょっと変態だと思う。

メホリックのトップ二人が追放されたことで、メホリックそのものの取り潰しは避けられた。

ボロランさんが自ら王宮へ出向き、王様に嘆願したことが評価されたからだ。

もし私たちだけで行っていたら、今頃メホリックは潰れてホーランドに統合されていたという。

どこまで狙っての行動なのか分からないけど、この変態紳士も、なかなか侮れない。

もちろん、帰りにはホーランドのメイラさんのところにも寄っていく。

こういうのはどちらかを贔屓(ひいき)しすぎてもよくないのだ。

「紅茶、美味しい」

「ふふふ。メホリックのとどっちのほうが美味しいかい？」

「う、げほげほ」

「あはは」

メイラさんの質問に思わずむせる。ホーランドに来る前にメホリックに寄っていたのは、すっかりお見通しのようだった。

「えっと、同じくらい美味しいです」

「まあ、輸入元は同じところだから、そりゃあ同じだろうな」

「なんだ……」

ボロランさんと対等にやり合っているだけあって、メイラさんも侮れない。

メイラさんには家の手配とか、薬草の手配とか、商品の販売とか、いろいろとお世話になっている。

敏腕で、今日も美しいお姉様だ。

「そういえば、メイラさんは結婚(けっこん)とかは」

「あー、うん、今のところ釣(つ)り合うやつがいない」

「そうですか。あっ、この間の王子様とかは」

「それは私のほうが釣り合わないだろう、いくらなんでも」

「そうですかね。第三王子ですから、お似合いですよ」

「そういうミレーユちゃんは？」

「女の子で間に合ってますね」

「そうか」

この前の名誉女男爵を貰ったときのパーティーに、メイラさんも参加していた。

メイラさんはなんと第三王子にダンスを申し込まれて、一緒に踊っていた。

その姿はとっても素敵で、なんとも言えない高貴な感じだった。

お似合いだと思う。

私はまだ、シャロちゃんとマリーちゃんとエミルちゃんがいるからいいの。

# エピローグ　錬金術調薬店の一年だよ

この一年、本当にいろいろなことがあった。

お店の壁には「王国御用達」の認定証が飾られていた。

その横には「三等市民勲章」と「名誉女男爵」の書状が並んでいる。

「ミレーユさんも立派になって」

「そんなことないよぉ」

「もう、先生は最初から立派でした」

「そ、そうかな?」

「はいデス。師匠はいつもすごいデス」

「もう、みんなして。何も出ないんだからねっ」

あははは、とみんなで笑う。

最初は自転車操業で、布団も買えないほど貧乏だったのも懐かしい。

結局王様からは、ミスリルの短剣を姫様用に一つと王妃様のために一つ注文があった。

それから外交用に極秘でもう三つだけ、と追加注文もあったけど。

本当はできるものなら王立騎士団に配布したいくらいなのだろうけど、ミスリルの鍛造ができる人間がいることは大っぴらにするつもりがないらしい。

あの王様もなかなかのやり手のようだ。

王様からの注文の品をまとめて作った。

前回製作したときのように、効率の上からいっぺんに作ってしまった。

注文数は五個だったけど、十個作っておいた。在庫は隠しておこう。

そうだ、と思いついて一つはランダーソンさんにプレゼントすることにした。

「こんなすごいもの貰っていいのですか？」

せっかくなのでおうちまで届けに行くと、ミスリルだと聞いてさすがのランダーソンさんも興奮気味だ。

「はい。ちょっと余っていて」

「素晴らしい、の一言です。家宝にしますね」

「え、あ、はい」

「ありがとうございます」

とまあ嘘だか本当だか分からないけど家宝にされてしまった。

ミスリルの短剣っていっても、素人目には綺麗な鉄のナイフにしか見えないから、大丈夫だろう。

今日も今日とて、商品の製造作業だ。

「ミレーユ先生、お茶休憩にしましょう」

「はいはいっ」

サポートといえばマリーちゃんだ。

雑多な作業を受け持ってくれている。

彼女がいないと錬金術調薬店は立ちいかない。

クッキーを焼いたりする仕事もある。

「シャロちゃん、中級ポーションお願い」

「はーい」

もうシャロちゃんも立派な錬金術師になった。

「ねーるねるねる、ねるねるね」

シャロちゃんにもねるねるねが受け継がれている。

上級ポーション、特級ポーションを作ったことで、もう見習いとはいえない。

それでもまだまだ覚えることは多いと言って、弟子を続けてくれている。

今ではうちのポーションなどの製造の大半を請け負っている。

立派に店の主戦力を務めていた。

「エミルちゃん、魔道式懐中時計のほうはどう？」

「はい、ほぼ完成デスネ」

「さっすが、仕事が早い」

エミルちゃんは相変わらず仕事が丁寧で早い。

魔石を使うタイプの魔道具のほとんどは、エミルちゃんが作っている。

特に魔道式懐中時計は評判で、うちの売れ筋商品になった。

これのおかげでかなり儲かっていた。

今では心臓部分の魔石の加工も、エミルちゃんができるようになりつつある。

時計以外は、かな。懐中時計の魔石の加工はとても難しいので、今はまだ練習中。一朝一夕ではいかないのだ。

まだまだだけれど、とっても頑張っていた。

私はその頑張りに応えないといけないんだよ。


「一周年記念セール、やってます」

今日はミレーユ錬金術調薬店がオープンしてから一年の節目の日だ。

一周年ということで、いろいろと安く売り出している。

「ミレーユちゃんも大きくなって」

一周年を祝うために、今日はメイラさんがわざわざお店まで来ていた。

ボロランさんもお祝いの花を持ってきてくれている。

「ほへ？　全然私、大きくなってないですよ、メイラさん」

「そういう意味ではない。いいんだ、いろいろ成長したって意味さ」

「そうですか？　えへへ」

「ミレーユ嬢もご立派になられたなぁ」

「もう、ボロランさんまで」

「あはははは」

まったく、みんなで私を孫みたいな目で見ちゃうんだから。

さて、全品一割引きだよ。ポーションまで安くなってます。

今日は特別に収納のリュックのセールもやってますよ。

「きゅきゅきゅきゅっ」

ポムも販売促進のダンスを踊って、お客さんを集めていた。

ポムポーションも生産していることを考えたら、結構な貢献者だ。

ポムは今でもいいお友達だ。

これからも、錬金術調薬店はみんなで続けていくつもりだよ。

「貧乏暇なし、あくせく働くぞ」

もう貧乏じゃないけどね。気持ちはいつでも初心を忘れずだよ。

みんなで制服のメイド服の裾を翻して、今日もミレーユ錬金術調薬店は開店しています。

## 書き下ろし短編　春の王国パレード祭り

王都に来て、一年経つひと月くらい前。

今日は春の王国パレード祭りの日だ。

これは王様が毎年開催している行事で、騎士団とか槍部隊とかが音楽隊を連れて、大通りを練り歩くという。

「ミレーユさん、ミレーユさん」

「なぁに？」

「パレード楽しみですね！」

満面の笑みのマリーちゃんだ。

「うんっ！」

私も王都に来てからパレードを見るのは初めてなので、とても楽しみにしていた。

あのタヌキおやじの王様もパレードに参加するというから、余計興味あるのだ。

私のエルフの血のことも、ミスリルの短剣のことも、いまだにひた隠しにしてくれている。

今日は、お店は閉店にしてしまった。

開店準備とかしていたら、パレードに間に合わないもん。

「では出発」

「「「はーい」」」

私、マリーちゃん、シャロちゃん、エミルちゃん。

みんなで並んで表通りへと出る。

「屋台がいっぱいです」

今日は道沿いに露店がずらっと並んでいるのだ。

「やっぱり、お肉だよね？」

「ふふ、ミレーユさんったら」

マリーちゃんが笑う。

そんなにお肉が楽しみなのがおかしいのかな。

「いいもん。お肉美味しいもんっ」

「いえいえ、ミレーユさんらしいなって」

「私っぽい？」

「どうせ村では自分で魔獣狩りとかしてたんだろうなって」

「え？　えへへ、その通り」

お肉は貧乏で買えないから、自然から調達するに限る。

王都内じゃできないよね。

西の森に行って、狩りをしてこようかな。

いやいや、今は錬金術の仕事があるから、時間があるときじゃないと駄目だよね。

「ぐぬぬ。狩りにも行きたい」

「そうですね。でもお仕事はちゃんとしてくださいね？」

マリーちゃんがジトッとした目で見つめてくる。

「だって、春しか採れないキノコだってあるし」

キノコ、美味しいよね。

春キノコといえばモリシロタケとか、いろいろあるじゃない。

パスタに炒めて入れると美味しいのに……。

じゅるり。

「キノコですか、うーむ」

マリーちゃん、お願い。とマリーちゃんに向かって手を合わせると、それを見たマリーちゃんが小さくため息をついた。

「まぁ、また今度ですよ」

「やったっ」

今度、キノコ狩りに西の森へ行こう。

「さて、今日はまずは肉串ですね、ぐへへ」

「先生、買ってくれるんですか？」

「もちろんですとも」

「おおおー」

今度はシャロちゃんが肉串をおねだりしてくる。

かわいい子たちにはお肉から何から何まで、おごっちゃうもんね。

「おじさん、肉串、えっと四つください」

「へーい、はいどうぞ」

たった今焼けたばかりのお肉を出してくれる。

タイミングがちょうどよかった。

お客さんは次から次へとやってくる。

もうすぐお昼時でお客さんが多いのだろう。

「あちっ、うまうま」

「うん、美味しいですね、ミレーユさん」

「先生、これ結構食べ応え（ごた）があります」

「旨味（うまみ）があってイケマスね、師匠（ししょう）」

みんなご飯のお礼の代わりに感想を言ってくれる。

うんうん。

お肉の旨味と塩コショウのピリッとした塩辛（しおから）さが絶妙（ぜつみょう）にマッチしていて美味しい。

このお肉、結構安いけど何のお肉なんだろうね。

気になったので、露店のおじさんに聞いてみた。

「これはフォレストウルフだね」

「ああ、ウルフなんだ」

「おうよ」

そっか、ウルフもこんなに美味しいのか。

以前、獲ってきたものはシチューにしちゃったから知らなかったけど、焼くとこんな感じなのか。

今度は焼肉にしようかな。焼肉パーティー。

「次はこっちにしましょう。先生」

「なになに、シャロちゃん」

「ガレットとか」

「いいね」

ということで違う露店のガレットを食べる。

そば粉を薄焼きにしたものに、ホイップクリームと夏ミカンがのっている。

「いただきます」

もぐもぐ。美味しい。

甘味と程よい酸味が絶妙な感じになっていて、とても美味しい。

「ミレーユ先生、これ甘くて美味しいですよ」

「はい、お肉の後に食べると酸味がさっぱりしてていいデス」

食べ歩き最高だよおお。

こんな日くらいしか、いろいろな屋台は出ていないもんね。

普段の王都にも露店はあるにはあるんだけど、食べ物屋はそれほどない。

野菜の直売とかはたくさんある。

近隣の農家さんがやってるね。

バン、バババババン。バン、バババババン。チャラララ～♪

食べ歩きをしていると、軽快な音楽が流れだす。

「パレードだ、先生」

「どれどれ」

道の向こう側から音楽隊の演奏が聞こえてくる。

パレードが来るのを待っていると、まずは騎馬隊がやってきた。

「騎馬隊カッコイイ」

「あれは正規兵の騎士団ですね」

私が感動してるとシャロちゃんが教えてくれる。

さすが都会っ子、詳しい。

「次は音楽隊です」

「みたいですな、ふむふむ」

シャロちゃんの解説でパレードを眺めていく。

音楽隊は揃いの赤い服だ。赤い服は一般的に高価なため、おめでたい色とされる。

「おおぉ、いろいろな楽器がある」

王宮のパーティーで見た顔がいる気がする。あの丸顔のおじさんとか。

たぶん同じ組織なのだろう。

そっか、パレードとかパーティーとかいつもあるわけじゃないから、演奏する人は一緒なのか。

その後は弓矢を手にした弓兵、銀の鎧を身にまとった騎士など、様々な部隊が目の前を通っていった。

「槍部隊だよ」

一斉に槍を斜め上に構えて行進していく。

「あ、ランダーソンさんだ！」

続いてやってきたのは魔術師部隊。先頭はランダーソンさんだ。今日もかっこいい。

揃いのマント姿で颯爽と歩いていた。

そういえばと空を見ると、ワイバーンも飛んでいる。

それから今日は伝令や偵察用のハーピーなんかも何匹か空を飛んでいた。

パレードとはいえ、人出も多いから厳戒態勢なのだろう。

いよいよ王様の馬車がやってきた。

「王様だぁあああ」

私は思わずはしゃぐ。

あの悪戯小僧みたいな顔だった人が、お澄まし顔をして沿道に手を振っていた。

私を見つけると、ちょっと王様は目を見開いて、そしてやはり手を振ってくれた。

「おーい、王様ー、おーい」

混雑しているからこれくらいしかできなかった。

公爵家など、いくつかの王家に近い貴族様の馬車が続いていく。

みんな着飾っていて、男性はかっこよくて、女性は綺麗だった。

馬車が終わると、警備の騎兵隊がまた続いていた。

これでパレードの列は終わりだった。

通り過ぎてしまうと、熱気は残っているものの、なんだか寂しい気分になる。

「さて、戻りますか」

「そうだね、マリーちゃん」

マリーちゃんの提案で、そそくさとみんなでお店に戻る。

お茶を淹れてもらい、ほっと一息。

「やっぱり家だね、家」

「もう、ミレーユさんったらおばあちゃんみたい」

マリーちゃんにまた笑われる。

いいんだもん。おばあちゃんだもん。

「私、実はエルフだから二百歳なんだ」

「え、本当ですか？」

なわけないやろがい。あからさまな嘘にも引っかかっちゃうマリーちゃんもかわいいね。

「ごめん、嘘、嘘」

「なんだ、ミレーユさんびっくりしちゃった」

「ごめんちょ」

伝承ではよく言われているけど、エルフが長寿なのかはよく知らない。

事実、両親は流行り病で揃って死んでしまったのだし。

錬金術師なので手は尽くせたかもしれないのに、あっという間だった。

おじいちゃんは両親より先に亡くなっていた。

おばあちゃんには世話になったけど、何歳だったのだろうか。今思えば、正確な年齢を知らなかった。

私って何歳まで生きるんだろうか。

「みんなよりは長生きしたいね」

「頑張って元気でいてくださいね～」

「そうですよ、先生～」

「師匠、お慕いしていマス～」

みんなの笑顔を見ていると、難しいことを考えていた自分が馬鹿らしく思えてくる。

寿命のことは分からないけど、みんなによくしてもらっているから、長生きしちゃうもんね。

そんなこんなで錬金術調薬店、長く続けられるといいね。

# あとがき

またあとがきでお会いできてうれしいです。滝川海老郎です。

今回の作品については、もともとのウェブ版では約十万文字でした。書籍一冊は十万から十二万文字程度必要になります。二巻書籍化されたということは、単純に合計から約半分が書き下ろしとなっています。そういう意味では大変お買い得になっていると思います。ウェブ版での追記がぶつ切りになっているのは、予定が定まらない中で書いた部分で申し訳ないです。

書籍版では赤紋病のエピソードを後ろに回した以外は、うまいことほぼそのままの流れでぶつ切りも改善されて一つのストーリーとしてまとめられたのではないかと思います。このような変則的な執筆をしたのは初めてだったので加筆時にだいぶ苦労しました。書くこと自体は好きなので助かりました。また一部変更して新キャラのエミルちゃんも出すことにしました。これは僕自身で決めたことでした。結果としてはいい感じにできたのではないでしょうか。編集者様の余裕のあるスケジュール管理にも助けられました。

今回は特にこの編集者様についてスポットを当てて書いてみようと思います。当作品、ウェブ版と比べてみると一文一文でもかなりの量修正されているのが分かると思います。これは編集者様の貢献によるところが大きいです。分かりにくい文章も整理されたはずです。

初出表現の説明、シーンの切り替わり説明、流れ的におかしな表現、矛盾点、同じ言葉の連続、

# あとがき

修飾語の語順、分かりにくい代名詞、内容に踏み込んだ修正箇所などなど多岐にわたり、指摘理由を説明して、改善点を教えてくれます。プロの仕事ですね。助かりました。

漢字や表現の統一については校正さんによる仕事でもありますね。たくさんの人の努力で書籍化に無事、漕ぎ着けました。ありがとうございます。少しでも読みやすい、いい小説になっていることを願います。これで四冊書籍化を果たしたことになります。大変うれしいです。

一作目『異世界転生スラム街からの成り上がり』もそうですが、二作目との共通点として、全体的なのんびりのほほんとした雰囲気が評価されているようです。作者の呑気なところが出ているのでしょう。普段はボケーとしてますからね。二巻も相変わらず女の子同士がワイワイと楽しくやっている感じが出せているといいな、と思います。

お気に入りの台詞は「ねーるねるねる、ねるねるね」「貧乏暇なし、あくせく働くぞ」でしょうか。僕もミレーユを見習ってセコセコ小説を書いて頑張りたいと思います。

今回はせっかくの機会ですので、謝辞を述べさせていただきます。なんと言っても素敵なイラストを描いてくださった、にもし様。出版社様、編集者様、校閲様、デザイナー様、流通様、書店様、その他出版に関わっていただいた方、それからいつも書籍化のお祝いをしてくれる友人、Ｔさん、Ｋさん、Ｔ君、Ｇさん、Ｋやん、そしてＸで交流のあるフォロワーの皆様、親戚家族友人の皆様、仕事関連でお世話になっている皆様、最後に読者の皆様、本当に、ありがとうございます。

また他にもお仕事が貰えるように、今後も励んでまいります。

DRAGON NOVELS
ドラゴンノベルス

元貧乏エルフの錬金術調薬店2

2024年5月5日　初版発行

著　者　滝川海老郎（たきがわえびろう）

発行者　山下直久

発　行　株式会社 KADOKAWA
〒102-8177　東京都千代田区富士見 2-13-3
電話 0570-002-301（ナビダイヤル）

編　集　ゲーム・企画書籍編集部

装　丁　AFTERGLOW

D T P　株式会社スタジオ２０５ プラス

印刷所　大日本印刷株式会社

製本所　大日本印刷株式会社

DRAGON NOVELS ロゴデザイン　久留一郎デザイン室+YAZIRI



●お問い合わせ
https://www.kadokawa.co.jp/（「お問い合わせ」へお進みください）
※内容によっては、お答えできない場合があります。
※サポートは日本国内のみとさせていただきます。
※ Japanese text only

定価（または価格）はカバーに表示してあります。


Printed in Japan

ISBN978-4-04-075424-6　C0093